# Mentiras e confissões

Chantal Dalmass

# Mentiras e confissões

Todas as serpentes do paraíso

& outras histórias

*Capa:* Cibele Cipola | designeditorial.com
*Imagem de capa:* Claude Derieppe
*Diagramação:* Globaltec
*Revisão:* Tulio Kawata

Dados Internacionais de Catalogação na Publicação (CIP)
(Câmara Brasileira do Livro, SP, Brasil)

Dalmass, Chantal
Mentiras e confissões : todas as serpentes do paraíso & outras histórias / Chantal Dalmass. — São Paulo : Editora Planeta do Brasil, 2005.

ISBN 85-7665-107-6

1. Contos eróticos brasileiros I. Título.

05-6511 CDD-869.9303538

Índices para catálogo sistemático:
1. Contos eróticos : Literatura brasileira
869.9303538

2005

EDITORA PLANETA DO BRASIL LTDA.
Alameda Ministro Rocha Azevedo, 346 - 8º andar
01410-000 - São Paulo-SP
vendas@editoraplaneta.com.br

*Esta é uma obra de ficção; qualquer semelhança com pessoas ou acontecimentos reais terá sido mera coincidência. (O que é uma mentira, claro, mas quem se importa? É tudo mentira mesmo...)*

*Para eles*

# índice

# Os pingos dos ii

Fizemos uma aposta.

Venceria quem suportasse o sacrifício por mais tempo, deitado no meio da cama forrada de branco, de costas, as pernas ligeiramente afastadas, os braços abertos em cruz, as palmas das mãos para cima.

O espelho no teto refletia a luz das velas acesas colocadas ao redor da cama.

Decidi não usar armas, ainda que permitidas segundo as regras do jogo.

Comecei pela planta do pé direito, lambendo suavemente o calcanhar, percorrendo uma linha reta até a base dos dedos; pus o dedinho na boca e chupei, e os outros dedos então, um de cada vez. Demorei-me no dedo maior, passeava a língua em toda a sua volta, ia para o espaço entre o outro dedo e tornava a me concentrar no meu alvo principal.

Ela estava agüentando firme, os olhos fechados, a boca entreaberta, imóvel.

Continuei com a língua pelo tornozelo, subi ziguezagueando devagar pela perna.

Do joelho para cima, foi como se o tempo tivesse parado. Minha língua, que parecia ter adquirido vida própria, levou uma pequena eternidade para cobrir toda a extensão de pele macia da parte interna da coxa da minha parceira.

Passei para a outra coxa e com muita paciência repeti o procedimento, na ordem inversa, até o calcanhar.

O combinado era que só fossem tocados braços e mãos, pernas e pés.

Já um pouco cansado, passei ao braço direito, a partir do ombro, alternando beijos e lambidas. Confesso que não tive forças para continuar e entreguei os pontos depois de saborear todos os dedos da sua mão pequena.

Exausto, arriei na cama.

Era a sua vez agora e, apesar do cansaço, eu não estava nem um pouco disposto a facilitar as coisas para ela. Minha bela oponente teria bastante trabalho se pretendesse vencer o jogo.

Os dois em suas posições, teve início o segundo tempo.

Ela estava bem preparada. Seu primeiro lance foi audacioso. Aproximou uma vela do meu corpo e a manteve ali até que esquentasse tanto que eu quase puxei o pé; minha sorte foi que ela parou com aquilo um segundo antes que eu me rendesse e trocou a vela por um cubo de gelo.

Torturou-me sem piedade. Meus pobres pés foram submetidos ao ataque de uma pena, um pincel de barba e uma escova de cabelo de cerdas insuportavelmente duras.

Eu, guerreiro bravo e destemido, resistia ao suplício com coragem. Quieto. Calado.

Ela parecia nunca se cansar. Minha linda algoz de cabelos negros pela cintura beijava agora a palma da minha mão esquerda. Quase pus tudo a perder com um suspiro de alívio, mas me contive a tempo. Relaxei um pouco, talvez ela também estivesse ficando sem forças, afinal.

Mais um beijo no pulso. O som metálico da lâmina da faca de cozinha cortando minha pele exatamente sobre o fino desenho de veias azuladas rascava o silêncio do quarto.

O sangue esguichou na minha cara.

Ah, não, ela venceu a aposta!

Eu me debatia e implorava que parasse:

— Não, Cris, por favor, amor, assim não, Cris.

O mais estranho era que eu não sentia nada, a dor não vinha.

Ela sorriu triunfante e encostou o serrote no meu pescoço.

— Não! Não! O pescoço, não! Não vale! O pescoço, não!

Reunindo as últimas forças que me restavam, ainda gritando como um louco, meu sangue jorrando pelo quarto e manchando o lençol de algodão branco, consegui, com a mão direita, segurar minha cabeça que balançava perigosamente, e com a esquerda afastei Cris e o serrote e, num salto, pus-me de pé.

Nu, ao lado da cama, o corpo encharcado de suor, o coração aos trancos, as mãos no pescoço, a boca escancarada tentando libertar o grito preso na garganta.

Sentei-me na cama e acendi o abajur.

Minha mulher abrira os olhos e me observava com ar de preocupação.

— Meu Deus, Guilherme! É melhor você procurar um médico — disse ela, apoiando o queixo com a mão. — Você está à beira de um colapso. Mais alguns desses seus pesadelos e você acaba tendo um ataque cardíaco.

Eu ainda não conseguira parar de tremer.

Levantei-me e fui ao banheiro. Abri a torneira do chuveiro e só saí de baixo da água quase gelada quando tive a certeza absoluta de estar completamente desperto.

Enrolei a toalha na cintura e desci a escada, descalço. O contato da pele ainda úmida dos meus pés com o granito frio dos degraus proporcionava uma reconfortante sensação de realidade.

O relógio da cozinha marcava quase quatro horas, o ponteiro pequeno nas cenouras, o maior beirando os doze rabanetes.

Debaixo da geladeira, uma poça de água. Eu teria praguejado, ali, chapinhando os pés na água que escorrera da geladeira, desligada para descongelar durante a noite. Em vez disso, lembrei-me do rosto bochechudo da nossa faxineira e desejei que amanhecesse logo e que ela me expulsasse de casa bem cedo com seu indefectível aspirador de pó. Além do mais, uma geladeira cujo mecanismo de degelo automático não funciona direito, exigindo manobras arcaicas como colocar um recipiente com água morna dentro do congelador para soltar as placas de gelo, na casa de um doutor em Engenharia — uma das maiores autoridades em Mecânica dos Fluidos e Termodinâmica do país e do mundo —, era uma ironia deliciosa.

Sem gelo para o uísque, bebi de um só gole um copo grande de Coca-Cola morna.

Saí para o terraço e deitei-me na rede. A luz que vinha da cozinha projetava sombras na parede; na penumbra, acompanhei a diligente aproximação de uma lagartixa interessada num gordo pernilongo parado no teto.

Pensei que minha mulher pudesse ter razão. Eu talvez precisasse mesmo de ajuda profissional, só não conseguia definir de que tipo. Deveria consultar um especialista em distúrbios do sono, um cardiologista ou um psiquiatra? Ou ir além do mundo físico — como dizia minha mulher, uma *expert* em anjos, gnomos e demais assuntos esotéricos — e buscar a paz de espírito em um templo budista, meditar dentro de uma pirâmide de cristal, queimando dúzias de palitos de incenso, ouvindo música *New Age*? Não, a cromoterapia me pareceu mais adequada. Azul, isso, precisava de muito azul para domar a besta enfurecida que morava dentro de mim.

A lagartixa movia-se lentamente em direção ao seu jantar.

Ocorreu-me que um bom passe de macumba, com direito a baforadas de charuto do pai-de-santo, e mais um despacho caprichado, incluindo uma galinha bem gorda e bem preta, velas e uma garrafa da melhor cachaça fossem a solução.

A lagartixa deu um bote e capturou o pernilongo.

Minha mulher sempre detestou lagartixas.

— O seu problema, Guilherme, é estar preso ao chakra básico — dissera ela, alguns dias atrás.

E, como sempre acontecia, percebendo que eu não tinha alcance para compreender de imediato os ensinamentos que ela adquiria lendo manuais e assistindo a cursos de autoajuda e que distribuía generosamente entre os parentes e amigos, explicava:

— Chakra básico é o que fica no baixo-ventre, onde se concentra a ânsia por sexo, dinheiro e poder.

Fascinado com o que ela acabara de dizer, lembro-me de tê-la encorajado a continuar.

— É, querido, um dos grandes saltos do ser humano é quando sai deste chakra e vai para o chakra do coração.

Ela fazia um gesto com os dedos para prender atrás da orelha uma mecha de cabelo loiro.

— Para que aconteça a mudança do chakra básico para o cardíaco você precisa abrandar o seu lado racional e se concentrar na intuição. É o único caminho: a busca interior, você entende?

Eu estava aprendendo a controlar, se não a mente, pelo menos os músculos do rosto, de maneira que conseguia assentir sem que minha expressão denunciasse qualquer sinal de ceticismo.

Crystina, minha esposa, costumava me acusar de "deficiente espiritual". Dizia que eu estava me isolando num mundo excessivamente cartesiano e que eu deveria trabalhar muito essa fraqueza para que se desse o reencontro comigo mesmo e com as forças do Universo.

Materialista que sou, passei a desprezá-la por sua verborragia esotérica. E, no entanto, eu invejava suas certezas.

Um sujeito como eu — um prodígio da Matemática, célebre pela capacidade de desvendar complexas equações, famoso por encontrar soluções para questões de cálculos de proporções gigantescas —, de fato, eu adoraria resolver os meus problemas com sensibilidade e meditação.

Teria apenas de tomar certos cuidados para não danificar algumas conexões cerebrais, pois era só eu começar a pensar nela e já podia sentir um forte cheiro de neurônio queimado.

Ah, Cris.

Cris de Cristina. Cris com i.

Cris, minha aluna de vinte anos. Inteligente, inquieta, ímpar.

Cris, minha professora de vinte vidas. Imoral, impiedosa, inclemente.

Cris, namorada inescrupulosa e impura.

Cris, amante insaciável e incômoda.

Paixão indigna. Obsessão insensata.

Incrível coincidência.

Extravagante irreverência da Teoria das Probabilidades.

Estatisticamente impossível.

Duas mulheres de idênticas ressonâncias.

Crystina Cavalcante e Cristina Cavalcanti.

Nomes e sobrenomes, o mesmo som.

Quatro Is, um E e um Y dançando na mesma cadência e produzindo músicas iguais.

E eu, Guilherme, estava intimamente ligado às duas.

Crystina Cavalcante, minha loira e legítima esposa, quase arquiteta, analisada, 38 anos, dois filhos, e Cristina Cavalcanti, aluna brilhante do terceiro ano da Faculdade de Engenharia Mecânica, minha livre e espontânea amante, 50% oriental, 100% ilegítima.

Uma sucessão de eventos aleatórios fez-me começar a duvidar da minha orgulhosa falta de convicções.

Primeiro, a semelhança dos nomes.

Depois, a genial estudante homônima da minha esposa registrando as melhores notas de que já se teve notícia em uma das disciplinas mais difíceis do curso de Engenharia: Mecânica dos Fluidos. A sigla "MecFlu" sempre assombrou os universitários, perseguidos por equações e mais equações e pelos altíssimos índices de reprovação.

Para completar a seqüência de caprichos do acaso, minha mulher decidiu que deveríamos ter um terceiro filho e que ele seria gerado em não sei qual conjunção astral e que precisávamos nos preparar para o momento favorável, poupando nossas forças vitais.

— Hoje não, querido — dizia Crys, minha esposa. — O Sol está em Marte, em oposição a Júpiter, e a Lua ficará fora de curso até as cinco horas de amanhã. Não é uma ocasião propícia.

Tradução: nada de sexo sem as devidas bênçãos astrológicas.

Ou, se não era o horóscopo, eram os búzios, as runas, a numerologia ou as cartas do tarô.

Apesar das nossas crescentes incompatibilidades, eu ainda me sentia bastante atraído por sua beleza madura — Crys conservava o corpo esbelto e flexível fazendo aulas de ioga e hidroginástica. Mas o interesse dela por mim parecia diminuir a cada dia; na verdade, apesar de dizer que queria engravidar novamente, desconfio que minha esposa tivesse desistido do sexo.

Enquanto isso, tal qual uma ponta acesa de cigarro atirada ao chão molhado de gasolina, a insinuante Cristina, minha jovem aluna, parecia firmemente aplicada a virar minha vida de pernas para o ar.

Irresponsável, fazia chegar até mim bilhetinhos e mensagens cifradas; encontrava mil maneiras de me colocar em apuros, declarava suas intenções impróprias em papeizinhos que vinham parar no meu bolso, no pára-brisa do meu carro, dentro da caixa de giz.

Impudente, ficava se tocando durante a aula. Sentada na última fileira de carteiras, lá no fundo da sala, passava a mão sobre os seios, chupava e mordia a ponta dos dedos, acariciava o próprio pescoço, a barriga, as coxas...

Inconveniente, escrevia besteiras na lista de presença e até nas provas. Percebi que a coisa estava fora de controle quando, em vez de ignorar o comportamento infantil de uma aluna, peguei-me apagando com a borracha a extensa lista de variações sexuais que ela rabiscara a lápis no verso da segunda página da prova bimestral.

Intrometida, descobriu o número do meu telefone celular, meu *e-mail* e o endereço do escritório de consultoria. Ela não dizia nada quando eu atendia o telefone, preferia deixar recados indecentes.

Mandava presentes, coisas como flores — um ramalhete de margaridinhas embrulhado em jornal —, uma dúzia de lápis pretos nº 2 apontados a estilete com a perícia de um lapidário de raros diamantes, um pacote de amendoins torrados na vagem. Prazeres simples, coisas de criança; mimando-me com objetos absolutamente comuns ela só fazia afirmar sua singularidade.

Houve uma ocasião em que procurei no bolso interno do paletó a minha caneta Montblanc. Em seu lugar estava uma Bic e, bem dobrado no fundo do bolso, um bilhete. Abri a folha de papel com cuidado, temendo alguma surpresa. Ela escrevera em impecáveis letras de fôrma: "Para que você usa isso? Palavras cruzadas? Experimente a Bic, é melhor. Ou é só para impressionar? Símbolo de *status*, poder? Você nem imagina o quanto vai se sentir poderoso quando estiver dentro de mim. Ah, a propósito, sua caneta está no outro bolso". De fato estava, presa a um segundo bilhete que continha um certo endereço no centro da cidade e um insolente: "Venha logo".

Guardei a Montblanc na gaveta da mesa do escritório e, não sei bem a razão, nunca mais a usei.

Afundei as costas na cadeira e pensei que já era hora de pôr um ponto final naquele jogo irritante. Aquela menina ainda iria causar sérios problemas. Que banquete para fofocas e intrigas acadêmicas não seria o suposto caso do professor titular com a estudante do terceiro ano.

As pessoas falariam o diabo, diriam que eu favorecia a aluna, pondo em risco a minha reputação e a dela.

Piadas infames.

Afirmariam que aquelas notas tão altas ela conseguira graças aos seus "outros" talentos, que eu deveria estar passando pela crise dos 45 anos ou Síndrome do Lobo Mau, envolvendo-me com mocinhas, que eu só pensava "naquilo" e que talvez fosse melhor confiar o estudo sobre o novo princípio de funcionamento da torre de resfriamento do ar condicionado do Master Business Building a um outro profissional, que eu fora visto em companhia de alguns rapazes comendo pastel com caldo de cana na feira livre armada próximo ao *campus* da Universidade, que eu não era a pessoa mais recomendada para chefiar a equipe do projeto do quarto módulo da usina nuclear, que eu agora só usava canetas Bic.

Os comentários não tardariam a chegar aos ouvidos de Crystina, minha mulher. Eu poderia recitar mantras à vontade; nenhum manual de auto-ajuda, nenhuma oração budista iria restaurar a minha credibilidade.

Se Cristina não moderasse sua conduta eu seria completamente devorado pelo escândalo que se seguiria, isso sem nunca ter encostado em um só de seus longos fios de cabelo preto.

Insuspeita. Ninguém diria que a garota de pele de porcelana e cara de boneca fosse capaz de tal estrago. Quem ousaria supor que aquela linda japonesinha de corpo pequeno e rosto delicado pudesse causar tanta destruição?

Hoje sei que meus temores não passavam de ingênuos receios diante do real perigo que ela representava. Eu deveria ter tomado providências muito antes, afastando-a de mim, expulsando-a da classe, matando-a com uma *overdose* de equações ou afogando-a na piscina olímpica da praça de esportes do *campus*.

Não, não fiz nada disso.

Idiota, caí como um pato na armadilha e fui à sua casa pedir-lhe que parasse de me provocar.

Desde aquele dia venho tentando convencer a mim mesmo da austeridade dos meus propósitos. Prefiro pensar que me mantive íntegro, honesto e digno, pelo menos até o momento em que Cristina abriu a porta.

Inofensiva, de *short jeans* de barra desfiada e camisa branca masculina amarrada frouxamente na cintura.

Inocente, pés descalços, mordiscava uma maçã.

Ela fez um sinal, convidando-me a entrar.

Era um lugar inóspito.

Nada de poltronas aconchegantes ou almofadas macias. Nenhum quadro, nenhum vaso, nenhum enfeite, nenhum retrato.

A única coisa viva além de nós dois era um grande cachorro cinzento, de pêlo curto e raça indefinida, que não pareceu muito empolgado com a minha chegada e continuou deitado na mesma posição, impassível.

Cristina morava num apartamento de uma só peça, além de uma minúscula cozinha e um banheiro. Ela e o cão, de quem eu nunca soube o nome.

No cômodo principal — um retângulo de cinco por sete metros — o chão era de tacos de madeira. Armários embutidos baixos, fechados por portas de correr, contornavam todo o perímetro do quarto, à exceção do espaço ocupado pela porta de entrada e as passagens para o banheiro e a cozinha. O que quer que ela tivesse na vida — de vestidos longos de baile, passando por computador, ferro de passar roupa a ração para o cachorro — deveria estar guardado dentro daqueles armários.

No meio do quarto, sobre um estrado baixo, um imenso colchão de casal forrado de algodão branco dominava a cena.

Imponente.

Cristina, parada junto à porta, continuava a comer sua maçã e estudava meu rosto, observando-me com um olhar incisivo.

Olhei em volta, procurando uma cadeira. Nem sinal.

Constrangido, sentei na beirada da cama. As coisas não estavam saindo exatamente como eu havia planejado. O discurso que eu ensaiara no caminho parecia agora completamente fora de contexto.

Teria de improvisar, o que sempre me deixa nervoso. Sinto uma forte necessidade de manter tudo sob controle, nos trilhos; os imprevistos, as brincadeiras da sorte, os acidentes — não importa se bons ou ruins —, colocam-me num carrinho de montanha-russa e me enchem de medo. Pânico total. Mergulhar numa rota de circunstâncias incertas sem saber que surpresa me reserva a próxima curva. Detesto surpresas. Prefiro uma velha linha de trem, com ponto de partida, paradas e destino bem conhecidos.

Vindo de não sei onde, provavelmente de um aparelho de som colocado dentro do armário, soava o *Allegro moderato* do *Concerto para violino em ré maior*, de Tchaikovsky.

Cristina aproximou-se da cama e colocou a maçã meio mordida no chão. Em pé, diante de mim, fez desaparecer o *short* e a camisa branca; não tinha mais nenhuma peça de roupa sobre o corpo perfeito.

Como era linda!

A pele ligeiramente bronzeada, sem qualquer marca de biquíni. Onde será que ela tomava sol nua? Seios médios, cintura fina, quadril arredondado. Os cabelos pretos e lisos, herdados da mãe japonesa, cobriam suas costas e terminavam numa horizontal tão exata como se tivesse sido usado um esquadro.

O que se seguiu foi a segunda edição, revista e ampliada, do Pecado Original.

Eu fechei os olhos, deixei-me envolver pela música serpenteante do violino e entreguei-me à minha senhora.

Cris tomou conta de tudo. Se eu fosse uma folha de papel quadriculado, ela teria percorrido cada centímetro. Eu a sentia em todos os poros; suas mãos, seus dedos, sua boca, sua língua estavam por toda parte. Posso dizer que foi uma experiência cósmica.

Cristina era o éden, o paraíso.

Cristina era o nirvana.

O violino gemia, insistente. A música ondulava impetuosa, mais e mais rápido. Cristina veio por cima de mim e no ritmo alucinante dos acordes finais ela cumpriu sua promessa. Eu nunca antes sentira tamanha sensação de poder.

Ainda cobrindo meu corpo com o seu, Cristina falou pela primeira vez:

— Você é meu.

Implacável, completou:

— Agora pode ir.

Depois daquele dia, ela mudou radicalmente seu comportamento. Acabaram-se os bilhetes, os recados, os presentes. Nada mais de olhares incendiários e jogos de sedução; aliás, ela nem sequer olhava para mim.

Eu a procurava na massa indistinta de rostos na sala de aula e falava só para ela, como que suplicando a sua atenção. Indiferente, ela agia como se não houvesse nada entre nós.

Percebi que ela estava sempre no centro de um grupo de homens, nunca um só — um namorado —, não.

Corte. Cristina, a Imperatriz, tinha uma corte masculina procurando conquistar-lhe as boas graças.

Enciumado, eu a via brincar e derreter-se em sorrisos e abraços com os rapazes da turma, em esmagadora maioria no curso de Engenharia.

Tentava cruzar com ela pelos corredores, colocava-me ao seu lado no balcão da lanchonete, dispensava as vagas reservadas para os professores e estacionava meu carro próximo ao dela.

Em vão. Cristina ignorava solenemente a minha existência.

Ela não tinha telefone, pelo menos não que constasse do catálogo. Então resolvi ir até a sua casa. O prédio em que ela morava ficava numa movimentada rua do centro da cidade. A janela do apartamento estava fechada, parecia não haver ninguém. Driblando o fluxo intenso de automóveis e ônibus, parei o carro em frente a uma saída de garagem.

Não precisei esperar muito, pois quase no mesmo instante Cris passou por mim, dirigindo seu velho Jeep verde-oliva; não estava sozinha. Ela entrou com o carro num estacionamento mais adiante e reapareceu logo depois andando pela calçada, rindo e conversando com os três rapazes que a acompanhavam no carro. Tinham jeito de estudantes, traziam cadernos e livros nas mãos e a seguiam como súditos leais.

Os quatro entraram no prédio de Cris. Fiquei imaginando que matéria eles estudariam, que tipo de equações haveriam de solucionar deitados naquela enorme cama branca. Fariam suas lições ao som da música de Tchaikovsky ou teria ela reservado para os jovens um repertório mais contemporâneo?

Eu ainda fiquei lá por quase uma hora, até que um motorista enfurecido buzinou, exigindo que eu saísse da frente da porta da garagem. Dei uma última olhada para o apartamento de Cris.

A janela continuava fechada.

Alguns dias depois, no estacionamento do *campus*, notei uma estranha aglomeração em torno de um corpo estendido no chão. Cheguei mais perto e interroguei um dos rapazes que, ajudado por outros quatro, tentava puxar para dentro do carro o estudante desacordado que cheirava a álcool puro.

Com as duas portas traseiras abertas, eles já tinham conseguido acomodar boa parte do colega embriagado e agora faziam força para enfiar suas pernas por sobre o banco de encosto alto.

Entre risos e palavrões, um deles me disse que o garoto estava apaixonado e que havia jurado se matar de tanto beber se a moça continuasse a rejeitá-lo.

Inconsolável.

O loiro de barba e cabelo comprido acrescentou:

— Também... Bem feito! Cara estúpido. Foi se meter logo com ela, a Dama da Cama Branca. Essa mulher é uma droga. Você transa com ela uma vez e já fica viciado. Eu, hein. Ela é pior que pó.

Olhei para o jovem inconsciente e o reconheci como um dos rapazes que estiveram com Cristina em seu apartamento, no dia em que eu ficara parado na rua, em frente ao prédio, vigiando.

O garoto. Outro incauto.

Não senti pena dele.

Foi mais ou menos nessa época que começaram os sonhos. Pesadelos horríveis de sexo, tortura e morte. Eu não tinha outra válvula de escape para externar a paixão que me consumia.

Cristina me desprezava.

Crystina me enlouquecia.

Minha mulher estava irreconhecível. Envolvera-se a tal ponto com seus assuntos esotéricos que não conseguíamos mais trocar meia dúzia de palavras. Ela encheu nossa casa de objetos estranhos, de livros esquisitos e de gente extravagante.

Se fôssemos apenas nós dois, eu já a teria deixado. Estávamos tão distantes um do outro que duvido que ela chegasse a notar a minha ausência. Entretanto, havia os meninos. Eu não iria abandonar meus filhos — de seis e quatro anos — à mercê de magos, bruxas, mantras, chakras e duendes. Sabia também que Crystina jamais permitiria que eu ficasse com as crianças, no caso de uma separação, certa de que eu negligenciaria por completo a formação espiritual dos garotos.

Crystina.

Cristina.

Talvez eu precisasse mesmo era de uma Teresa ou uma Clara ou uma Rosa ou uma Solange...

Cris então me chamou de novo. No limpador de pára-brisa do meu carro um papelzinho dobrado ordenava: "Agora". E eu fui. Obediente.

Lembrei-me dos outros homens de Cristina. Será que deveria agradecer-lhe pela especial deferência? Afinal de contas, eu estava recebendo tratamento VIP: individual e personalizado.

A porta do apartamento estava entreaberta.

Ela me esperava.

Idílica.

A feiticeira em quem eu havia colocado meus sonhos se preparara para mim. Um tipo de véu branco diáfano esvoaçava sobre o seu corpo e ela veio ao meu encontro, sorrindo. Num canto do quarto, no chão, um grande jarro de cerâmica transbordava com um maço de flores do campo.

Ela se entregou com a pureza de uma virgem.

Imaculada.

Cristina, ninfa do bosque, fada terna e suave.

Muitos doces beijos depois, seguimos por um caminho de carícias delicadas.

Eu a amei com os meus melhores sentimentos.

Cristina, minha linda namorada.

Ideal, iluminada, intraduzível.

Deixei-a deitada de costas sobre a cama, nua, as pernas um pouco afastadas, os olhos fechados, um sorriso nos lábios, uma expressão de tranqüila felicidade.

Levantei-me e fui ao banheiro.

Quando voltei ao quarto, ela permanecia na mesma posição, de olhos fechados, o mesmo sorriso, e o cachorro lambia o seu pé direito.

O cão não tomou conhecimento da minha presença, como a dizer que eu era demais ali. Intruso.

Ela então, mantendo o sorriso de êxtase, abriu os olhos, fitou o animal e ofereceu-lhe o pé esquerdo.

Cadela.

Imunda.

Acordei com a luz do sol batendo em cheio no rosto. Já era de manhã, uma radiante manhã de sexta-feira.

Tinha cochilado na rede e sentia o pescoço dolorido. Ajeitei a toalha na cintura e subi a escada. Tomei outro banho, fiz a barba, vesti o terno novo azul-marinho e escolhi uma gravata discreta. Aquele seria um dia importante, eu tomaria posse como professor catedrático da Faculdade de Engenharia. Após a solenidade, haveria um almoço formal reunindo os membros mais graduados da comunidade acadêmica.

Tomei o café da manhã com as crianças e precisei explicar a Crystina o motivo de estar usando terno e gravata numa manhã de sexta-feira.

— Oh, meu bem, sinto muito, eu me esqueci completamente! — disse ela, parecendo não sentir tanto assim.

— E falando em esquecer, não esqueça que hoje começa o meu curso de comunicação emocional. Acho melhor você levar os meninos para jantar fora. Vou sair agora e só devo voltar depois das dez da noite e amanhã saio bem cedo, antes das sete — continuou minha mulher, com seu especial talento para emendar rapidamente um assunto no outro. — Ah, querido, será que você consegue se virar com as crianças? Não sei, não, acho que vou pedir para a Zezé dormir em casa este fim de semana. O que você acha?

Respondi que se Zezé, nossa empregada, pudesse ficar, seria ótimo. Caso contrário, que ela não se preocupasse, que eu me arrumaria com os garotos.

Gosto de cuidar dos meus filhos — vestir, pentear o cabelo, preparar o almoço, ler para eles —, e não vinha tendo muitas oportunidades para isso ultimamente.

Fui para o escritório, pois meu compromisso na faculdade estava marcado para as onze horas e ainda era muito cedo, eu teria tempo de ler o jornal e ainda dar uma última revisada nas anotações do breve discurso que preparara para a ocasião.

Na edição daquela sexta-feira, no caderno de variedades, a coluna social fazia menção ao meu recém-conquistado posto de professor catedrático. Sob a fotografia em que eu aparecia, sorridente, entre minha esposa e o reitor da Universidade, a legenda chamava-me de "o ilustre Doutor Guilherme Cavalcante".

Ilustre. Eminente. Insigne. Eram adjetivos elogiosos que eu estava acostumado a ouvir.

Impotente, impostor, ínfimo, insignificante — palavras bem menos agradáveis que poderiam descrever melhor o meu estado de espírito.

Era assim que eu me sentia: desprezível, por não conseguir pôr um fim ao meu casamento, enquanto seguia enganando minha mulher, mentindo para os meus meninos e fingindo para todos os outros; um verme abjeto, sem vontade própria, inerte, completamente intoxicado pelo veneno de Cristina.

Às vezes eu tinha vontade de sumir. Simplesmente desaparecer. Tomar um ônibus, um trem, um avião e rumar para um lugar qualquer; tornar-me um outro homem, com outra vida e outros problemas. E outras mulheres. Nossa! Estava farto daquelas minhas mulheres e desejava que as duas evaporassem também.

Em um de meus últimos sonhos, via-me nu, no topo em forma de agulha de uma montanha inexpugnável. Equilibrava-me ora sobre um pé, ora sobre o outro, não havia espaço para apoiar os dois pés ao mesmo tempo. O vento incessante açoitava meu corpo e fazia-me oscilar mais e mais. Começou uma chuva forte e o som dos trovões encobria meus gritos por socorro. A ponta afilada de pedra tornou-se escorregadia. Foi então que surgiu uma enorme águia, voando em círculos cada vez menores, aproximando-se, roçando as asas em mim. Uma outra águia, ainda maior, materializou-se atrás da primeira e passou a persegui-la. As duas aves lutavam, uma tentava derrubar a outra, usavam as garras e faziam barulhos assustadores. As águias atracaram-se na disputa. Compreendi que brigavam por mim e não pude suportar a idéia de esperar para saber qual delas iria me ter como prêmio. Preferi a liberdade do vazio e deixei-me cair. Despenquei lá do alto.

Ufa! Eu saíra bem naquela fotografia. Passei os olhos rapidamente pelas outras notas da coluna social e deparei-me com o horóscopo do dia, ao pé da página. Incrédulo, como sempre, li as previsões astrológicas para o meu signo, desejando que me dissessem o que fazer.

O texto de sete linhas ao lado do desenho de uma balança avisava sobre os misteriosos caminhos do destino e aconselhava prudência e calma ao lidar com imprevistos e circunstâncias fora do meu controle.

Eu pedira à minha secretária para não ser interrompido. Ainda assim, a campainha do interfone soou, insistente.

Tentei conter a irritação.

— Sim, o que é?

— Desculpe, doutor Guilherme, mas é que há um homem na linha dizendo que é da polícia e precisa falar com o senhor — explicou-se dona Bete, minha secretária de muitos anos.

— Está bem, eu atendo — respondi.

Polícia! Diabos, o que seria?

— Senhor Guilherme Cavalcante? — perguntou com voz rouca de fumante o tal homem da polícia. Ele tossiu duas vezes e acrescentou: — O senhor conhece uma certa Cristina Cavalcante?

— Uma não, duas — foi minha resposta, incoerente.

— Como disse?

— Nada, desculpe — procurei me recompor. — Sim, conheço. O que aconteceu?

O policial prosseguiu, cortês, mas friamente profissional:

— Lamento informar, mas houve um acidente, uma batida feia no cruzamento da avenida Independência com a rua Portugal e Cristina morreu na hora. Temos outras vítimas que ainda não foram identificadas, mas achamos um cartão com o seu nome e telefone entre as coisas de Cristina. O senhor pode vir identificar o corpo?

Crystina Cavalcante.

Cristina Cavalcanti.

A cátedra.

Disse à dona Bete para avisar que ocorrera um imprevisto e que eu não poderia comparecer à cerimônia na faculdade.

Imprevistos. Acidentes. Surpresas.

Inferno! Por que é que as coisas não podiam ser sempre lógicas, por que será que logo quando a gente acredita manter firmes as rédeas...

Abalado com a notícia, cansado depois da noite ruim que passara, angustiado com a lentidão do trânsito — enfim, com os nervos em farrapos —, comecei a chorar.

As lágrimas brotavam abundantes, escorriam pelo meu rosto e molhavam a calça do terno azul-marinho que eu encomendara especialmente para aquele dia.

As lágrimas quase me cegavam e só então me dei conta de que não sabia por quem estava chorando.

Chorava por Crystina, minha mulher? Talvez. Ela costumava passar por aquele cruzamento, depois de deixar as crianças na escola. Deveria haver algum dos meus cartões de visita em sua bolsa.

Chorava por Cristina, a imprudente Cristina, que poderia estar atrasada a caminho da faculdade, dirigindo seu Jeep acima do limite de velocidade? Levaria ela consigo um cartão com o meu nome e número de telefone?

Ou chorava por mim, um homem esmagado entre duas mulheres?

Chorava por mim, viúvo certo de mulher incerta?

Acho que chorava por tudo.

Por elas, por qualquer uma delas que tivesse morrido.

Por elas, por qualquer uma delas que estivesse viva.

Por mim, por me sentir tão vil diante do pensamento inconfessável de desejar que houvesse sido uma ou outra.

Infeliz, peguei-me analisando as possibilidades, escolhendo qual das duas eu preferia encontrar morta.

O policial que me dera a notícia pelo telefone foi muito solícito e ofereceu-me um café. Recusei.

Ele perguntou se eu fumava, enquanto acendia um cigarro na ponta do outro que estava fumando. Contou-me mais detalhes sobre o terrível acidente que envolvera dois carros, uma motocicleta e um ônibus. Disse que havia mais cinco feridos, além das duas vítimas fatais.

O policial tocou no meu ombro e sacudiu a cabeça:

— Sinto muito por sua mulher.

Pedi se poderíamos acabar logo com aquilo. O policial jogou no chão o cigarro e esmagou-o com o sapato. Fez-me um sinal para que o seguisse.

Eu me sentia dentro de um dos meus próprios pesadelos.

Cobertos por lençóis, os corpos das duas pessoas falecidas havia pouco mais de uma hora num movimentado cruzamento de ruas da cidade.

O policial hesitou. Não sabia qual dos dois corpos era aquele que eu deveria identificar. Então, puxou devagar os lençóis, revelando os dois rostos simultaneamente.

Deitadas lado a lado.

Mortas.

Crystina e Cristina.

Uma última trágica coincidência unira as minhas duas mulheres.

Inexata matemática.

Como linhas paralelas, Crystina e Cristina se cruzaram e se fundiram num ponto qualquer do infinito.

# Retrato falado

Nós nunca andamos de mãos dadas e eu não me lembro do seu rosto.

Sou capaz de enumerar as suas pintas, os fios de cabelo branco. Posso descrever perfeitamente o ângulo da sobrancelha esquerda e a estampa da gravata amarela — rosáceas miúdas em marinho, contornos de arabescos bege-queimado, losangos vermelhos no centro.

Mas não me lembro do seu rosto.

Não consigo formar no pensamento a imagem que me cega há 19.440 horas. Sinto suas mãos entre as minhas pernas, ouço sua voz de locutor de documentário, sua boca beija meu seio até doer e eu deixo, não reclamo, porque é lá mesmo que ela deve ficar, no meu seio. Fecho os olhos e vejo seu nariz, sua testa, seu sorriso, o peito liso, as meias eu vejo, mas não vejo seu rosto.

É como quando tento cantarolar uma música muito conhecida e a melodia não vem; viro, remexo, procuro em cada pedaço da memória, e nada. Só que a música não é importante e logo esqueço do que queria lembrar.

E o seu rosto?

Uma fotografia não tenho.

Um bilhete amassado, um lenço sujo, uma caixa de fósforos, um papel de bala de hortelã não tenho.

Nunca uma *pizza* depois do cinema, nem cinema.

Nem bombons.

Nem buquê de rosas, nem um botãozinho sequer.

Você fugiu levando um naco sanguinolento da minha alma, da minha calma, e não posso dar queixa na delegacia.

Que vexame!

Um retrato falado que mais parece um quebra-cabeça. A orelha assim, o queixo assado, mas quem é o criminoso?

O ladrão não tem rosto.

Não lembro!

Não lembro, não lembro, já disse.

Nem cafezinho no balcão eu tive.

Um picolé de morango...

Nem pode passar na frente na fila do banco. Que horas são? Que dia é hoje? A princesa tem telefone? Não, não, nada disso.

Sabe o que eu fiz?

Virei artista de televisão que é para a minha cara entrar na sua casa, de segunda a sábado, no horário nobre, e no domingo, às dez em ponto. E fotos olhando bem para a câmera para você lembrar de mim quando abrir o jornal no café da manhã. Na embalagem de sabão em pó também estou, suas roupas brancas vão ficar ainda mais brancas com o meu incrível poder de limpeza. Ah, na pasta de dente! Aquela em gel com micropartículas, sensação refrescante, última palavra em prevenção da placa bacteriana. A revista de nu artístico saiu mesmo uma obra-prima, meu sorriso dúbio de Mona Lisa. Trepei com o iluminador, o produtor e o contra-regra antes da sessão, você notou? Achei que isso daria uma expressão verdadeira ao meu rosto.

Saciado. O meu rosto.

Só vejo o meu naquele dia, nós dois na cama, o espelho grande na frente e você imenso por trás. Meu rabo cheio de você. O espelho cheio do meu rosto de boca escancarada.

Mas do seu rosto não lembro.

# Causa mortis

A dor me invade como um saca-rolhas. O primeiro golpe é violento e abre um buraco em minha carne frágil. Em seguida, braços robustos imobilizam meu corpo inerme para que a broca de ponta brilhante gire, escave e volte um pouco — bendito retrocesso —, ouso sentir alívio, a haste intrusa se acomoda com folga no túnel recém-aberto. Penso que talvez até me acostume e consiga viver empalada deste desconforto.

Não, não, a dor. Lá vem ela de novo, abrindo caminho à força, perfurando meus músculos inchados, esgarçando minha pele ávida de uma certa calma.

Como pode doer tanto assim?

Como pode doer até não poder mais e não poder mais e não poder mais...

Como pode? Quanto tempo é até não poder mais?

Dias atrás alguém me disse: "Quem leva um fora morre". A morte suave e serena, quem me dera. Encostar a cabeça, fechar os olhos e descansar em paz. Nada disso, caro amigo, quem leva um fora vive e agoniza, sangra moribundo e tem de continuar vivendo.

Até quando? Quanto tempo ainda até o não poder mais?

Tento barganhar com a dor. Negociar prazos, impor limites. Vamos estabelecer certos parâmetros, está bem? Afinal, minha senhora, que coisa mais antiquada, percebe-se um cheiro forte de bolor, pó-de-arroz e rapé. Esta dor tem cara de dama antiga — rubor, mancebo, rapariga, sobressalto —, não se sofre mais deste jeito hoje em dia.

Tempos de Aids, Net, *palmtops* e *topless*.

Dias de sexo virtual, ciência, alta tecnologia, fibra óptica e lógica.

Época de Prozac, Viagra, Xenical, muito *laser* e silicone.

Ótimo, madame, então temos um acordo.

Ai! Bruxa velha, trapaceira!

Dor de saudade, dor de tristeza, dor de raiva.

Dor.

As mulheres o amavam. E isso deveria ser escrito em negrito, as iniciais maiúsculas, pois era uma verdade tão absoluta quanto o Teorema de Pitágoras, o Princípio de Arquimedes ou a Teoria da Relatividade. E, tal como qualquer preceito científico, sempre fora assim. Sem trabalho, sem esforço, o amor das mulheres fluía para a sua boca naturalmente como o leite morno escorrendo farto do seio da mãe. Ele se alimentava do amor das mulheres e nada dava em troca.

É claro que era gentil com elas, ele as apreciava de verdade, ainda que não chegasse a distinguir uma da outra; as mulheres eram o seu ambiente, o cenário, a terra fértil onde ele se erguia, glorioso, e reinava tranqüilo.

Eu mal o conheço. Sei apenas que o rapaz tão simpático e com modos de bom moço tem um lado *noir* e gosta de fazer sofrer. Causar dor — *lato sensu*.

Sei que tem pêlos lisos no peito e é macio como um gato, que é grande e absolutamente delicioso, que fica lindo de azul, que usa uns óculos cujo desenho da armação não combina com o seu rosto, que tem um jeito de olhar que me deixa mole e eu, quase liquefeita, não paro de tremer na sua presença.

Sei tão pouco sobre ele. Se prefere o frio ou o calor, a casca ou o miolo do pão, destilados ou fermentados... Água? Será abstêmio? Com que então me embriaga sem jamais saciar? É ousado ou cauteloso, tem manias, é vaidoso ou é modesto o meu amor?

Gosta do meu perfume?

— Ah, que cheiro gostoso! — dizia ele, como a sentir-se tonto com tanto encanto, e não havia uma só mulher que não se deixasse seduzir pela carícia do cumprimento que tinha a doçura envolvente de um abraço.

Meninas de marias-chiquinhas, senhoras de cabelos grisalhos, moças bem resolvidas, gatas de músculos definidos, garotas inocentes, prostitutas experientes. Novas, velhas, lindas, feias, magras, gordas, brancas, pretas, verdes, roxas, cor-de-rosa... As mulheres sorriam, baixavam timidamente os olhos e se apaixonavam.

Dia após dia ele ampliava as fronteiras do seu império e cada nova conquista tinha gosto de primeira vez.

"Hum, que delícia de perfume!", foi o que ele disse, fechando os olhos e inspirando com força, mexendo um pouco a cabeça. Depois soltou devagar o ar, ficou me encarando por intermináveis instantes, a sobrancelha esquerda levantada formando um V, curioso, como se pretendesse saber tudo a meu respeito. Cereja, morango ou framboesa? Sei lá, não importa o sabor, eu me transformara numa taça de gelatina: trêmula, vermelha, brilhante, pedindo para ser comida em grandes colheradas.

Ele me devorou de uma bocada e — guloseima de digestão rápida — me esqueceu logo em seguida.

Nada sobrou, absolutamente nada. Nenhuma marca de batom, nenhum bilhete, nenhum guardanapo sujo, nenhuma meia desfiada. O que quer que tenha havido entre nós perdeu-se no ar como uma nuvem sutil do meu perfume francês. Sem pistas, sem rastros. Assim... Evaporou.

Mas o cheiro dele ficou entranhado em mim e se faz notar a cada gesto que faço. Quando levanto os braços para prender o cabelo sinto o seu cheiro na minha pele, tomo banho e esfrego o corpo todo com uma bucha bem áspera, depois me lambuzo de cremes e loções, mas ele continua lá.

O líquido branco com que ele encheu minha boca ainda molha meus dentes e eu sinto o seu gosto ligeiramente ácido.

Sinto a força das suas mãos se fechando ao redor da minha cintura, sinto o peso delas e ouço ainda o som dos tapas estalando alto no silêncio.

A sua respiração quente na minha nuca ainda sinto, seu peito maciço comprimindo minhas costas, o suor escorrendo entre os meus seios doloridos dos seus beijos violentos.

Ah, sim, maldito, sinto tudo ainda, sinto arder os vergões vermelhos e as marcas dos seus dedos em minhas coxas.

Escuto o barulho dos aviões zunindo bem acima de nossas cabeças, nós dois, apenas mais um casal de adúlteros em um quarto de motel perto do aeroporto. A dor vai e vem, em ondas, eu ainda grito e enterro minhas unhas no travesseiro de aluguel enquanto ele me arreganha e outro avião aterrissa.

Já me esquecendo antes mesmo de sair de dentro de mim ele, enfim satisfeito, se lavou, se vestiu e se foi.

É, ele me deixou lá sozinha, saiu primeiro para não levantar suspeitas.

A nossa paixão tão forte desfez-se na noite como o aroma de um perfume falsificado, comprado sem nota fiscal. Não sobrou mesmo nada.

Mas como?

Se eu ainda sinto tantas coisas.

Se eu ainda sinto tanta dor.

Ele não achava que explorava as mulheres. Não prometia nada. Nunca as enganava. Se elas pulavam no seu colo daquele jeito era por livre e espontânea vontade. Está certo que fosse amável, que sempre conseguisse identificar um traço interessante — e elogiá-lo — mesmo na mais sem graça representante do sexo feminino, ou que fizesse o comentário sobre o perfume como um ato automático, ao dar com uma mulher pela primeira vez.

Era engraçada a maneira como elas todas, sem exceção, se derretiam quando ele mencionava o perfume.

Empresárias, diplomatas, policiais.

Aeromoças, professoras, deputadas.

Enfermeiras, copeiras, balconistas.

Babás, dançarinas, vigaristas.

Tolas todas. Todas elas.

Não havia virtude, erudição, conta bancária, necessidade ou posição que as protegessem de si mesmas, criaturas carentes de atenção.

Ele já nem conseguia disfarçar um certo tédio e ultimamente vinha sendo mais econômico em seus galanteios, pois dava trabalho administrar tantas possibilidades.

Era casado e tinha uma vida familiar convencional e regrada. Obedecia ao calendário oficial de aniversários, Dia das Mães, Dia dos Namorados, Natal e outras datas com os protocolos de praxe. Nunca poderia ser acusado de negligência por esquecer um aniversário de casamento dos pais, errar a idade dos três filhos de sua secretária ou deixar passar em branco as 87 primaveras da vovó. Uma memória prodigiosa e a agenda exclusiva para festas e assuntos pessoais constantemente atualizada, com anotações minuciosas — tipo, cor, tamanho — sobre os presentes oferecidos, faziam dele o queridinho da mamãe, o marido-modelo, o patrão ideal, o genro que toda sogra pediu a Deus.

Com igual rigor controlava sua vida extraconjugal e traía a esposa regularmente. Estabelecera um esquema de horários, álibis e alternativas e mantinha-se estritamente fiel aos seus métodos, de modo a poder se dedicar ao seu esporte favorito.

Não saía mais de uma vez com uma mesma mulher, não dava presentes, não deixava nada por escrito, só andava de táxi e pagava sempre em dinheiro. Marcava encontro nos motéis — conhecia até a cor dos lençóis e o tipo de iluminação das suítes de pelo menos uns dez estabelecimentos —, chegava e ia embora sozinho. Não comia, não bebia, não fumava, quase não falava durante o sexo.

Era violento nas carícias, dava tapas, agarrava-as pelos cabelos e divertia-se com o olhar de espanto e o ar de confusão estampado no rosto das mulheres. E elas, que esperavam um comportamento compatível com a idéia que faziam dele, surpreendiam-se gritando de dor, chorando de gozo e pedindo mais.

Além da dor, é humilhante sofrer assim. Sinto raiva de mim por não conseguir deixar de desejá-lo com cada célula do meu corpo.

Idiota, pensei que ele quisesse estar comigo de novo, tentei me aproximar, e ele apenas me pediu que tivesse paciência.

"Devagar, precisamos ter calma, querida, sou um homem casado. Você também tem a sua vida, sua família, por favor, tome cuidado. Vamos esperar um pouco, está bem?"

Eu esperei. Esperei, esperei, esperei. Agora já não espero, sei que ele nunca virá. Entretanto, não posso suportar a idéia de nunca ter significado nada para ele. Demorei a entender e mesmo assim não aceito. Preciso explicar, tenho de fazê-lo compreender os meus sentimentos.

Elas raramente causavam problemas. Algumas, às vezes, insistiam, debatiam-se — peixes teimosos com o anzol enfiado nas bocas —, querendo burlar as regras, mas logo sossegavam, mesmo porque ele era bastante criterioso na escolha de suas companhias.

Suas mulheres eram belas. Não apenas bonitinhas de rosto e corpo, não. Tinham algo marcante, que chamasse a atenção, como olhos muito expressivos ou mãos de dedos longos e unhas bem cuidadas, até mesmo um detalhe que quebrasse a perfeição do conjunto o atraía, uma voz grave e rouca, seios grandes, um nariz fora das proporções clássicas.

Loiras, ruivas, morenas... Preferia as mulheres naturalmente sensuais, do tipo que parece ter aprendido a andar de salto alto pouco depois do seu primeiro aniversário, daquelas que carregam um par de meias com costura ou um decote até o umbigo com a classe de uma embaixatriz.

Altas ou *mignons*, peso proporcional. Todas elas tinham o seu charme, ah, pés delicados, cintura fina combinada a uma bunda grande e ondulante, cabelos compridos, uma boca gostosa. Ele fazia poucas restrições taxativas, mas não disfarçava sua antipatia por pernas curtas, barriga flácida, pescoço e braços grossos. Agora, havia um item fundamental, condição indispensável para que uma mulher se tornasse uma candidata à sua cama: a aliança. Larga, vistosa, tradicional.

Na maior parte das vezes, uma conversa ligeira já era suficiente para que ele se decidisse por ir em frente ou esquecer o assunto. Mas era imprescindível que a moça fosse casada; quanto mais fortes os vínculos familiares, quanto mais conhecido o sobrenome, quanto mais exposta publicamente, tanto menores eram os riscos.

As esposas profissionais representavam o primeiro grupo, do tipo que acumula uma jóia por ano de matrimônio, que comemora bodas disso e daquilo e que não pretende aposentadoria por tempo de serviço.

As mães, as filhas e as noras de alguém eram ótimas. As cunhadas e as primas, boas, mas não tanto. As netas eram perigosas, geralmente estavam à procura de um pretexto para exercer a sua rebeldia.

No time das mulheres de carreira, as médicas e executivas eram razoáveis; as senhoras vereadoras e prefeitas, admiráveis, mas perdiam longe para as "Excelências". As juízas eram iguaria rara, Dom Pérignon safra especial; tal qual um champanhe sublime, elas — geladas — estouravam e borbulhavam, faziam cócegas no nariz e subiam depressa.

Ele, que era amado pelas mulheres e não amava nenhuma, chegava a sentir pelas juízas uma certa ternura por lhe proporcionarem momentos de intenso prazer. Cavalgar uma Excelentíssima, fazer seus cabelos de rédeas, penetrá-la com força e ferir-lhe as ancas.

Aquela última fora magistral! Talvez só por isso ele estivesse lhe dando um pouco de corda, aceitando os versos e as cartas apaixonadas que ela lhe enviava. Tinha uma caligrafia elegante, a Meritíssima, e usava mesmo um perfume delicioso. Os trajes sóbrios, as pérolas corretas e os sapatos de salto médio ocultavam uma alma de prostituta. Sua Excelência era surpreendente. A Meretríssima.

Vou vê-lo hoje. Depois de cinco meses de lenta agonia, finalmente poderei olhar dentro dos seus olhos e saber de que cor eles são; passei todo esse tempo imaginando-os azuis, mas bem podem ser verdes ou acinzentados. Vamos nos encontrar às seis horas na seção de livros jurídicos da Mega Cultural do *Shopping* Plaza Centro. Depois talvez nos sentemos no bar da livraria e tomemos um café, como velhos amigos.

Quantas vezes já estive aqui entre estes livros, quantas fantasias malucas passaram pela minha cabeça enquanto folheava e fingia ler um texto legal. Não agüentei esperar e cheguei muito antes. Andei pelo *shopping*, subi e desci todas as escadas rolantes, entrei em todos os banheiros para conferir o cabelo, a maquiagem, a roupa. Estou sem calcinha e tão excitada que sinto uma umidade constrangedora entre as pernas. Então vim para a livraria e me refugiei atrás das prateleiras de livros infantis. Não quero que ele adivinhe a minha ansiedade, vou deixá-lo chegar e só me aproximar depois de alguns minutos, quem sabe até fazê-lo esperar um pouco, para variar.

De onde estou tenho uma ótima visão do nosso ponto de encontro. Há um conjunto de sofás onde poderei me sentar caso não consiga controlar os tremores que costumam me atacar quando estou diante dele. É injusto alguém ter assim tanto poder sobre outra pessoa. Mas eu conheço bem a injustiça, ela é a minha vida — horas e horas diárias de injustiça enfeitadas com algumas palavras em latim.

Que pena eu não ter filhos, li todos os livros do balcão destinado a crianças em fase de alfabetização. Falta pouco para as seis e eu gostaria de ir de novo ao banheiro, mas não quero perder a sua chegada. Resolvi que vou me atrasar dez minutos, se for capaz de me conter e permanecer aqui. Dez minutos, tão pouco tempo...

Ele cruzou a porta de entrada e vem caminhando pelo corredor central. Tem um andar felino, deslizante, parece um leopardo, não, um imenso tigre de patas de veludo. Está vestido como eu gosto, de azul e gravata, os cabelos mais curtos e óculos novos.

Estou tremendo, preciso dar um jeito nisso. Enfio a cara num livrinho de rimas em inglês e me pergunto que estranhos fenômenos determinam que nos apaixonemos pelo sujeito A e não por B ou C. Outra coisa que me intriga é isso acontecer quando a gente não está disponível, como se um cupido safado resolvesse acertar a sua flecha de modo a causar o maior estrago possível e desfazer um sistema ordenado e eficiente.

Minha vida era perfeita. Meu marido adorado, meu trabalho, uma posição de respeito na sociedade, alegrias, regalias, convites, reverências. Ainda tenho tudo isso, mas estou louca. Acho que mereço isso e mais um pouco. Acho que mereço mais. Quero mais. Quero aquele homem.

Ele vira devagar as páginas de um grande volume de capa marrom. No mesmo corredor, há uma moça consultando o fichário eletrônico e fazendo anotações. Vou esperar até que ela se vá ou que ele mude de lugar, não quero que nada atrapalhe nosso reencontro. A garota está debruçada sobre o tampo do terminal para poder escrever, usa uma saia bege de malha e o tecido elástico se cola às suas nádegas como uma segunda pele. Não consigo ver-lhe o rosto, só os cabelos castanhos encaracolados pelo meio das costas. A marca saliente dos contornos da calcinha sob o pano esticado e a inclinação do corpo mudando o peso de uma para outra perna num rebolado lento formam um quadro indecente, tanto mais porque ela parece não se dar conta de sua atitude provocante.

São seis e quinze e nós três parecemos atores de um filme de Claude Chabrol, a imagem capturada num instante de angustiante imobilidade.

Ah, finalmente um pouco de ação.

Ainda segurando o livro marrom, ele dá alguns passos em direção ao fim do corredor. Pára ao lado do terminal eletrônico, mostrando a intenção de usá-lo. A moça morena endireita o corpo e cede-lhe espaço em frente à máquina, dizendo que ainda tem trabalho a fazer. Ele passa o livro pelo visor do terminal para verificar o preço e digita alguma coisa. Enquanto espera, a moça remexe em seus papéis e se atrapalha com as alças da bolsa. Ele aperta outras teclas, pede a caneta emprestada à moça e se concentra nas informações do arquivo. Então desvia o olhar das letras luminosas que piscam na tela e, com a caneta ainda colocada sobre um bloquinho de notas, vira-se para a mulher, inspira profundamente e lhe diz que seu perfume é delicioso.

A juíza faltou ao encontro. Foram tão eloqüentes as cartas que ela enviara para o seu escritório que ele a julgara ansiosa por uma segunda oportunidade. Também ele bem que gostaria de expor seu caso à Meritíssima e arrancar dela um veredicto. Ele concluiu que não se importaria de esperar um pouco, talvez o champanhe ainda não estivesse na temperatura ideal...

O que não queria dizer, absolutamente, que ele devesse recusar um canapé suculento como aquela jovem advogada da livraria. Um petisco, a moreninha, ótimo para abrir o apetite.

Nos dias que se seguiram ao encontro malogrado, a juíza deu ordens à sua secretária, recomendou-lhe que adiasse algumas audiências e cancelasse os compromissos marcados para o final da tarde. Ela deixava seu gabinete por volta das quatro horas, dispensando o motorista. Atravessava a pé a movimentada avenida dos Tribunais e tomava um táxi até o aeroporto regional.

No setor de embarque, ela descia rapidamente do carro e entrava no saguão carregando uma sacola de mão. Ia ao banheiro feminino e, minutos depois, subia a rampa interna e saía por outra porta, fazendo sinal para um táxi comum que acabara de trazer um passageiro. Ninguém a reconheceria com aquelas roupas e os óculos de lentes grossas.

Querido, hoje você será meu. Poderei tocar seu corpo, vou beijá-lo, passar a mão pelo seu rosto para traçar para sempre em minha memória o seu perfil. Você enfim compreenderá o que sinto e saberá retribuir todo o amor e o desejo que ardem em mim. Quero que tudo esteja impecável, exatamente como imaginei.

A mulher passeia pelo quarto do chalé de paredes de troncos de madeira. Alisa uma prega do lençol, acerta a moldura de um quadro ligeiramente torto, muda a posição das almofadas de tecido rústico jogadas sobre a poltrona, ajeita as flores nos vasos, afasta da porta o pequeno tapete de tufos altos de fios de lã. Vai até o banheiro e examina um por um os frascos de sais de banho, ervas e óleos aromáticos, arranja as rosas sem cabo flutuando como ninféias dentro de um prato com água sobre a pia, coloca as toalhas felpudas formando uma pilha na borda da banheira de hidromassagem que é quase uma piscina, arruma os roupões e os chinelos, puxa as cortinas da janela e verifica o aquecedor.

De volta ao quarto, admira sua imagem no espelho. A pele aveludada de um branco leitoso com algumas sardas no colo parece ainda mais clara em oposição ao preto do conjunto de renda. O sutiã meia-taça oferece os seios cremosos, a cinta-liga se junta às meias transparentes que envolvem numa sombra escura suas longas pernas, deixando apenas um pedaço de coxas macias à mostra. Ela usa sapatos de salto alto e a calcinha por cima da cinta-liga.

Só vou tirar a calcinha. Quero transar de ligas e meias. E de sapatos, adoro transar de sapatos.

Já é noite e as cigarras cantam nos arbustos que circundam o chalé. As cabanas são distantes umas das outras e tem-se a impressão de estar sozinho na encosta da montanha, apesar dos escassos 30 quilômetros que separam a pousada da agitação da cidade. Ela custou a encontrar o lugar ideal — agradável, isolado, discreto —, onde ninguém pediu documentos, aceitando prontamente a reserva do chalé número 6, o Alfazema, por uma semana, mediante pagamento adiantado, em dinheiro.

Das vezes em que esteve lá, a mulher sempre chegou de táxi e antes de sair telefonava pedindo outro carro que a levava de volta à cidade.

O homem por quem esperava também viria de táxi. Ele contava passar a noite na cabana e partir de manhã bem cedo, pois deveria embarcar em um dos primeiros vôos da Ponte Aérea.

Ela espalha mais algumas gotas de perfume. No sulco entre os seios, na nuca, atrás das orelhas, nas costas, nos pulsos, na barriga.

O quarto está bem iluminado, ela não quer perder nenhum detalhe, precisa saber a cor dos olhos dele.

Está quase na hora. Ela ouve um som de porta de carro se fechando e passos que se aproximam. Trêmula, umedece os lábios com a língua e suporta os infinitos segundos que a separam do seu amor.

Verdes. Os seus olhos são verdes.

Os quadris machucados dos afagos brutos, ainda de meias e sapatos, ela se levanta da cama, pega a calcinha rasgada jogada no chão e empurra a pesada porta de madeira que leva ao banheiro.

Tudo está acontecendo conforme os seus desejos.

Ela liga o chuveiro e toma um banho enquanto as torneiras abertas enchem a banheira de hidromassagem, no canto oposto do banheiro.

A mulher se enrola na toalha branca e enxuga o próprio corpo com delicadeza. Veste um dos roupões e penteia o cabelo.

A banheira já está cheia e o vapor se eleva, denso, embaçando vidros e espelhos. Ela se senta no estrado de madeira que forma um *deck* em volta da banheira e despeja um punhado de sais de banho e gotas de óleos aromáticos, põe para funcionar o mecanismo da hidromassagem para fazer espuma.

Volta ao quarto para chamá-lo. Ele está deitado, sereno e lasso, sorrindo de olhos fechados, prestes a adormecer.

— Eu preparei um banho — ela murmura, beijando-lhe a testa.

O homem, sonolento, ergue-se da cama devagar, abre a porta e inspira o ar espesso do banheiro:

— Que cheiro gostoso!

Nu, ele afunda na espuma perfumada, encosta a cabeça na beirada da banheira e volta a fechar os olhos, suspirando satisfeito. Ela pega uma das toalhas e a coloca dobrada sob sua nuca, acaricia seu peito e dá-lhe um beijo no ombro molhado.

Desce os degraus de madeira e caminha descalça pelo banheiro.

Tira uma rosa do prato e puxa pétala por pétala, fazendo-as cair na água. Outra rosa e mais outra e mais outra... O homem amado imerso em aromas e pétalas de rosa.

— Agora descanse, meu amor, descanse em paz.

Torna a puxar as cortinas sobre a janela bem vedada, solta o cano de gás do aquecedor e sai, trancando a porta.

No quarto, enrola com capricho o tapetinho peludo e o empurra sob a porta, bem acomodado no espaço mínimo entre a madeira e o chão.

# Toque pessoal

Matar.

Matar. Matar. Matar.

Pena que ele já estivesse morto.

Se pudesse trazê-lo de volta à vida apenas para matá-lo de novo. Uma, duas, mil vezes ela o mataria se conseguisse fazê-lo reviver.

E seria caprichosa. Ah, como seria caprichosa! Retirou a panela do fogo e escorreu a água fervente. Tinha tudo planejado, uma morte para cada situação. Morte suave, morte súbita, morte sofrida, lenta agonia, morte trágica... Uma morte para cada cenário, uma morte para cada ambiente, uma morte para cada amante. Esfregou as amêndoas entre os dedos para remover a pele.

Cinco, até o momento. Cinco amantes.

Cinco vezes ela o mataria, o que não impediria de fazê-lo sofrer antes, torturá-lo devagar. Em banho-maria, fogo brando, mexendo sempre com a colher de pau, deixou o chocolate derreter e misturar-se à manteiga.

Até alguns dias atrás ele fazia as vezes de marido ideal — fiel, honesto, trabalhador. A sua pequena firma de reparos e reformas de residências estava progredindo bem; ela, quituteira de mão-cheia, contribuía para o orçamento doméstico preparando irresistíveis delícias que eram servidas nas mesas mais finas da cidade.

Certa noite de quinta-feira, véspera de um feriado prolongado, ao voltar para casa dirigindo o furgão azul da firma, ele foi fechado por uma motocicleta no momento em que diminuía a velocidade para passar pelas lombadas da rua que corta os fundos do Hospital Municipal.

Na moto, dois homens usando capacetes pretos e botas de cano alto; o que vinha na garupa desceu empunhando uma arma de grosso calibre e ordenou ao motorista do furgão que deixasse a chave no contato e saísse do carro. O empreiteiro deve ter pensado que tinha uma chance, pois pisou fundo no acelerador, tentando escapar dos ladrões. O tiro que o matou abriu um buraco do tamanho de uma bola de tênis na porta e atravessou seu corpo, que foi atirado, já sem vida, na sarjeta da rua escura. Os ladrões fugiram, um na motocicleta, outro dirigindo o furgão, que só foi encontrado quatro dias mais tarde, depois de ter sido usado em um assalto a um carro-forte. Enxugou as amêndoas com o pano de prato e espalhou-as na assadeira.

A única testemunha — uma senhora de setenta e oito anos que tem o hábito de espiar pelos furos da cortina de crochê da janela da sala quando ouve algum barulho fora do comum — não soube dizer o tipo ou a marca da motocicleta; também não se lembrou de anotar a placa, mas afirmou com absoluta certeza que os assaltantes eram dois e que usavam capacetes pretos e botas. Precisou a hora do crime: oito e meia, o locutor do telejornal acabara de dizer boa-noite quando ela se levantou e foi até a janela ver qual dos filhos da vizinha estava cantando os pneus e desobedecendo à ordem de silêncio nos arredores do hospital.

Estavam douradas. Ela tirou a assadeira do forno e esperou que as amêndoas esfriassem. Os dias que se seguiram ao assalto e assassinato do marido foram um tormento; ela se viu subitamente lançada num turbilhão, sem ninguém que a consolasse. Revolta, tristeza, raiva, medo de ficar sozinha, saudade... Triturou rapidamente as amêndoas.

Sentia-se vazia. Juntou as gemas, o açúcar e as amêndoas moídas e continuou a mexer com a colher de pau. Doou as roupas do marido e sua adorada coleção de aeromodelos para uma instituição de caridade. O travesseiro dele — alto e muito fofo — jazia no lado esquerdo da cama até que ela finalmente se decidisse a tirá-lo de lá e passasse a dormir no meio.

Chorou muito antes de conseguir enfrentar a ida ao escritório do marido. A firma tivera suas atividades paralisadas com a morte do empreiteiro na véspera do feriado e fazia já alguns dias que ninguém entrava no pequeno galpão que servia de sede e depósito de ferramentas e materiais de construção. Havia providências a tomar a respeito do prédio, pensou, enquanto subia a escada estreita que levava à sala da administração, deixando marcas de sapatos nos degraus empoeirados.

Tentou várias chaves até encontrar a que abrisse a porta. Poucas vezes havia estado lá, a firma era território exclusivo do marido; ela sentia-se mais confortável entre seus potes bem-arrumados, cheios de canela, baunilha e cacau em pó.

Entrou na saleta onde o marido trabalhava sozinho (não tinha secretária nem assistentes) e atrapalhou-se tentando encontrar lugar para colocar as caixas de papelão que trouxera consigo, além do gordo maço de cartas que se acumulara sob a porta desde a última vez que a correspondência fora recolhida.

Subiu as persianas e abriu a janela.

Puxou duas caixas de papelão para perto da escrivaninha e preparou um saco de lixo de plástico preto.

Sentou-se na cadeira de encosto alto e passou os olhos pela mesa simples de tampo de fórmica. O porta-retrato com a fotografia tirada durante a viagem de lua-de-mel foi colocado na caixa menor, junto com o relógio de mesa que ela lhe dera no último Natal. Na caixa maior ela pôs o conjunto de acrílico para clipes e canetas, o grampeador e a tesoura; alguém haveria de querer aquelas coisas, ela pensou em deixá-las do lado de fora para que o vigia noturno as levasse. O cinzeiro, o pacote de cigarros aberto e o isqueiro ela jogou no saco de lixo — detestava que o marido fumasse, e ele só o fazia, a sós, no escritório.

Sobre a mesinha lateral piscava a luz vermelha da secretária eletrônica. Cuidadosamente, retirou a mistura do fogo e acrescentou a farinha de trigo. Ela apertou a tecla para ouvir os recados: um homem pedia orçamento para a reforma do telhado de sua casa, muito danificado depois daquela tempestade do mês passado; uma senhora perguntava se eles faziam desentupimento de canos; uma voz feminina agradecia as trufas de chocolate, dizendo nunca ter provado nada tão gostoso antes, bem, talvez, quer dizer, humm, humm, tão gostoso quanto... Tirou a tampa do frasco e pingou algumas gotas de essência de baunilha. Uma, duas, três, quatro... Mais uma, cinco gotas, e continuou mexendo. O marido tinha pedido a ela que preparasse umas caixas de bombons, pois queria presentear as esposas de alguns clientes importantes; ela então se esmerara em sua especialidade: as famosas trufas de chocolate aromatizadas com rum que derretiam na boca e às quais não havia quem não se entregasse com gulosa volúpia. Outro frasco, mais algumas gotas preciosas, e misturou com a colher de pau. A mensagem seguinte sussurrava que não se importaria de fazer uma hora de ginástica por dia só para queimar as calorias daquela doce tentação de chocolate, ou quem sabe ele pudesse ajudá-la, ela sabia de uma atividade física que, praticada a dois e vigorosamente, chegava a gastar até quatrocentas calorias...

Ela se levantou e abriu totalmente a janela. O vento fez sacudir as lâminas de metal das persianas e atirou ao chão alguns dos envelopes que ela havia recolhido na caixa de correspondência. Ela puxou com o pé o que caíra mais perto e rasgou a beirada do papel. Uma fotografia. No verso, estava escrito: "Já que a gente vai passar quatro dias sem se ver, aí vai uma lembrancinha da sua querida". A imagem da vagina vermelha e carnuda estava um pouco desfocada. Ela tirou o porta-retrato dourado que havia posto na caixa de papelão e o jogou dentro do saco de lixo.

Precisava de ar. Pegou a bolsa e saiu da sala. Enquanto descia a escada ainda pôde ouvir, pela porta entreaberta, o som melífluo de mais elogios às suas trufas de chocolate. A secretária eletrônica continuava a reproduzir as mensagens gravadas.

Andou sem rumo, as mãos enfiadas nos bolsos da calça *jeans*. Quem a visse passar talvez não percebesse todo o ódio, a menos que a fitasse nos olhos secos.

Matar, matar, matar.

Precisava matar, matar devagar, tirar a vida com as próprias mãos. Passou a ponta do dedo pela curva suave do ovo, bateu-o na borda da tigela de porcelana até quebrá-lo e separou a clara, deixando-a cair na vasilha; a gema redonda passava lentamente de uma para outra palma das mãos habituadas àquele gesto. Verificou a temperatura do forno — 200°C.

Precisava de mais calor. Andando sob um sol de meio-dia, só parou ao encontrar um botequim bem vagabundo. Avançou para o balcão debaixo de uma saraivada de gracejos, propostas e olhares de cobiça dos freqüentadores do lugar. Pediu uma dose dupla de pinga e estudou cada um dos homens que se divertiam falando indecências a seu respeito.

Poderia trepar com todos eles, pensou. Poderia deixar que a beijassem, lambessem, chupassem. Poderia ficar molhada de suas salivas com restos de cerveja e sardinha frita. Poderia deitar-se sobre uma daquelas mesas velhas de madeira de pintura descascada e esperar que a penetrassem, um após o outro e após o outro e após o outro e... Poderia, depois, usar aquele pano de prato xadrez encardido que o proprietário tinha no ombro para limpar entre as pernas, mudar de posição e recomeçar. Fazendo movimentos de baixo para cima, juntou à mistura reservada as claras batidas em ponto de neve firme e mexeu delicadamente. É, poderia. Virou de uma vez o copo de pinga, jogou uma moeda sobre o balcão ensebado e saiu do bar.

De volta ao escritório do marido, ela esvaziou as gavetas da escrivaninha. Examinou pastas, agendas, recortes, envelopes. Encontrou anotações até numa borracha (ele tinha o hábito deplorável de rabiscar as borrachas e furá-las com a ponta da caneta) e na página central do caderno de esportes do jornal de segunda-feira. Deu alguns telefonemas, copiou nomes e endereços e consultou o guia de ruas da cidade. Depois recolheu o que usara — envelopes, recortes, cartões de visita —, colocou tudo na cuba de aço inoxidável da pia da pequena copa conjugada à sala e acendeu um fósforo. Puxou a fita da secretária eletrônica do invólucro de plástico, picou-a com a tesoura e juntou os pedaços à fogueira. Enquanto observava as chamas reduzirem a cinzas a sua vergonha, procurou lembrar se tinha em casa todos os ingredientes de que precisava.

Limpou a pia, arrumou a sala, fechou a janela e saiu, trancando a porta.

Apanhou uma fôrma de lateral alta e começou a untá-la com manteiga. Gostava dessa parte, mergulhar os dedos na barra de manteiga já meio amolecida que, sem oferecer qualquer resistência, deixava-se diminuir. Espalhar a massa gordurosa, fazê-la cobrir cada cantinho, voltar a deslizar os dedos lustrosos em todas as direções. Polvilhou a fôrma com farinha de trigo e colocou-a sobre a bancada de trabalho, ao lado das outras.

Pegou a panela com a mistura preparada anteriormente e despejou um pouco em cada uma das pequenas fôrmas de bolo em formato de coração. Deixou cair uma chuva fina de cacau em pó e levou-as ao forno para assar durante dez minutos.

Reduziu a temperatura do forno e deixou os bolos assando até se formar uma crosta na superfície. Tirou-os do forno, colocou-os sobre a grade e desenformou imediatamente.

Cobriu os bolos com um pano branco muito limpo e esperou que esfriassem. Verificou as delicadas caixas de papelão forradas com papel de seda, apertou um pouco mais o nó dos laçarotes de fita vermelha. Segurando com cuidado, acomodou cada coração de textura úmida e macia e superfície crocante e quebradiça em seu leito de papel de seda. Fechou com as tampas enfeitadas, envolveu cada caixa em uma folha de papel celofane transparente e grampeou os envelopes que continham um pequeno cartão branco.

Caprichosa.

Estava sempre se superando, mas aquela era a sua obra-prima. A mistura requintada, a sutileza de sabores e o seu toque pessoal: o ingrediente especialmente escolhido para aquela entrega.

Cinco corações de chocolate.
Conferiu os cartões.
Cinco nomes. Cinco endereços.

* * *

## GAZETA DA MANHÃ

Domingo, 16 de setembro

### POLICIAL

A polícia não tem ainda nenhuma pista que leve à solução do caso das cinco vítimas de envenenamento, mortas na última quinta-feira. Até o momento, a única ligação entre as mortes é o fato de terem sido encontrados, nas casas das cinco mulheres, caixas de papelão em formato de coração e pequenos cartões contendo seus nomes e endereços.

### CULINÁRIA

Recebemos a colaboração enviada por nossa leitora Carmem Soares, a receita do delicioso bolo de chocolate:

#### Toque Pessoal

*Ingredientes:*
1/2 xícara (75 g) de amêndoas sem pele, tostadas e moídas
1 tablete (200 g) de chocolate meio amargo ralado
3/4 de xícara (150 g) de manteiga
4 gemas
1 xícara (200 g) de açúcar
1/2 xícara (75 g) de farinha de trigo
5 gotas de essência de baunilha

4 claras batidas em neve
1 colher de sopa de cacau em pó para polvilhar
manteiga para untar
farinha de trigo para polvilhar
algumas gotas ou uma pitada do seu **Toque Pessoal**

*Preparo*:

Preaqueça o forno em temperatura média (200 °C).

Coloque as amêndoas numa panela pequena, cubra com água, leve ao fogo e deixe ferver por dois minutos.

Retire do fogo, escorra, deixe esfriar e esfregue as amêndoas entre os dedos para remover a pele.

Enxugue com um pano de prato e espalhe numa assadeira.

Leve ao forno preaquecido em temperatura média e asse até ficarem douradas.

Retire do forno, deixe esfriar, coloque no copo do liquidificador e triture rapidamente.

Unte com manteiga e polvilhe com farinha de trigo uma fôrma desmontável, de lateral alta, de 23 cm de diâmetro.

Numa panela, coloque o chocolate meio amargo ralado e a manteiga e leve ao fogo brando, em banho-maria, e, mexendo sempre com uma colher de pau, deixe o chocolate derreter e a mistura ficar homogênea.

Junte as gemas, o açúcar e as amêndoas moídas e continue a mexer até integrar bem todos os ingredientes.

Retire a mistura do fogo, acrescente a farinha de trigo e a essência de baunilha.

Junte algumas gotas ou uma pitada do seu **Toque Pessoal**. Mexa bem.

Junte as claras em neve e, com uma espátula, misture fazendo movimentos de baixo para cima, delicadamente, para a massa não perder volume.

Despeje na fôrma preparada, polvilhe a superfície com o cacau em pó, leve ao forno preaquecido (200 °C) e asse por 10 minutos.

Reduza a temperatura para 180 °C e continue a assar por mais 15 a 20 minutos, até se formar uma crosta na superfície.

Retire o bolo do forno, coloque sobre uma grade e desenforme imediatamente.

*Dicas:*

Como **Toque Pessoal** você pode usar canela, cardamomo ou outro ingrediente de sua preferência.

*Importante:*

Sirva frio.

# Todas as serpentes do paraíso

O céu caía com estrondo na noite de sexta-feira.

Nuvens negras de rancor desabavam em pancadas violentas de uma chuva espessa.

O temporal começara de repente, as trovoadas soando como um grito de vingança contra o calor de quase quarenta graus que mantivera a cidade fumegando nos últimos dez dias.

Enxurradas arrastavam sacos de lixo e os planos de fim de semana na praia.

Corredeiras de lama encharcavam sapatos e pernas de calças e pernas nuas de pés metidos em sandálias de tiras delicadas.

Dentro do carro ele suava. A sua respiração quente havia embaçado completamente os vidros, ele suava e tentava avançar em meio à massa confusa de luzes, água, barro e outros carros.

Suava e olhava as horas.

Suava. Estava atrasado.

Faltando poucos minutos para as oito horas, passou pelo

último semáforo antes de chegar à sua rua, virou a esquina numa curva fechada, quase atropelando um casal abraçado sob um guarda-chuva estampado de florzinhas pequeno demais para dois.

Esperou o portão eletrônico abrir sem tirar o pé do acelerador, enfiou o carro quando achou que o espaço era suficiente, mergulhou na rampa que levava à garagem do prédio, no subsolo.

Suava e xingava o vizinho que estacionara o carro de qualquer jeito, tomando-lhe um terço da vaga. Teria de se espremer contra a parede, com todo cuidado para não arranhar a porta. Droga!

Pegou a pasta de couro, abriu a porta colocando a mão direita como calço, pôs para fora uma perna comprida de cada vez, procurando evitar apertar os dedos que protegiam a porta do carro. Sem sucesso.

Oito horas.

Andou depressa até os elevadores. Uma aglomeração de sacos de plástico, carrinhos de supermercado, marido, mulher, sogra, três crianças, ursinhos de pelúcia, copos de Coca-Cola do McDonald's e sobras de sanduíches meio mordidos em embalagens para viagem passando perigosamente de mão em mão o fez desistir da idéia do elevador e seguir pela escada.

Subiu os cinco andares arfando, o coração na boca, de três em três degraus.

Suava.

No último lance da escada já pôde ouvir o som estridente da campainha do telefone. Correu pelo corredor, girou a chave na porta — a fechadura do meio, primeiro, a de segredo de cima e de baixo, outra chave.

Pensou que não ia dar tempo, levantou o fone do gancho e só então respirou.

— Alô.

Mantendo o telefone encaixado entre a cabeça e o ombro, conseguiu desvencilhar-se do paletó, tirou a gravata e a camisa ensopadas. Livrou-se dos sapatos e meias, andou pela sala arrastando o fio do aparelho antigo, pegou um copo e serviu-se de uma dose generosa de uísque puro.

— Oi, querida. Estou aqui.

Um profundo silêncio em resposta.

Um silêncio macio, suave.

Um silêncio que era um beijo.

Abriu a janela da varanda. Lá fora a tempestade ainda açoitava a cidade. O vento úmido refrescava a pele suada. Ligou o abajur e apagou as luzes do teto.

Deitou-se no sofá, as pernas jogadas por cima do encosto. Tomou um gole de uísque que descia como azeite pela garganta ressequida.

— Ah, querida. Quase não chego a tempo. Desculpe se te fiz esperar.

Silêncio.

Um silêncio eloqüente.

Quantas palavras doces, quantos gemidos de amante cabiam naquele silêncio!

Ele fechou os olhos, deixou-se envolver pelo silêncio e concentrou-se nela.

Ela usava um vestido preto com cordões trançados nas costas, como um espartilho. Ele desatou o laço e foi soltando o cordão, centímetro por centímetro. O vestido era um desafio, mas cumpria mal a função de proteger o corpo dos elementos. Ele sentou-a de costas sobre a sua perna e acariciava as coxas bronzeadas cobertas de pelinhos loiros enquanto trabalhava com o decote complicado. Enfiava o rosto nos cabelos claros, lambia a nuca e provocava nela um calafrio.

Deixou-a só de sandálias e começou a beijá-la. Ele a beijava e deixava um rastro de saliva molhada, depois soprava, soprava os braços, soprava a barriga, soprava os mamilos, só para vê-la se arrepiar. Ele então a virou de frente, sentada no seu colo, na beirada da cama. Ele a empurrava e puxava de volta, ela subia e descia sobre ele, devagar. Ela jogou a cabeça dourada para trás, inclinou o corpo e enroscou as pernas ao redor do pescoço forte do namorado. Os dois se moviam numa dança louca e os gritos dela silenciavam a fúria dos trovões e da chuva.

— Alô... Alô...

Ela desligara.

— Boa noite, meu amor.

Ele virou o copo e bebeu o resto de uísque. Esticou-se todo, levantou-se e foi tomar um banho.

Ele era divorciado, atualmente livre e desimpedido. Assim que voltou à vida de solteiro, depois de um casamento de quase três anos, sem filhos, ele se dedicou a recuperar o tempo perdido, ou seja, transar tantas vezes e com quantas mulheres conseguisse.

O expediente diário como diretor de criação de uma grande agência de publicidade era encerrado num dos muitos bares da cidade.

Com um pouco de conversa, uma boa dose de charme e uma mãozinha da sorte, a noite terminava num dos muitos motéis da cidade.

Ele estava aproveitando cada minuto da sua nova vida de *playboy*. Agora tinha dinheiro e tempo para as mulheres. E como tinha mulheres! Elas pipocavam à sua volta, esvoaçavam nervosas como abelhas atraídas pela promessa de um homem livre, alegre, simpático, sensível, de bom nível e boa aparência.

Essas eram as características que ele destacava nos anúncios que colocava nos classificados de encontros dos jornais e em *sites* de relacionamentos. No começo, inexperiente, ele dizia que queria conhecer mulheres lindas e sensuais para viver aventuras e fantasias, sem qualquer tipo de compromisso, cobrança ou envolvimento.

Os resultados minguados e a leitura cuidadosa dos anúncios da seção *Mulher procura Homem* indicaram-lhe o caminho das pedras. Assim, como bom vendedor, conhecendo as reais necessidades e os anseios das consumidoras, ele só precisava expor o seu produto na vitrine e pronto. As interessadas nas suas "qualidades" recebiam um número de telefone fixo (elas detestavam celulares, sério indício de homem casado) e ele fazia uma pré-seleção ao receber as chamadas à noite, em casa, no seu apartamento de um dormitório com cozinha americana que ele jamais usava.

Mulheres de voz chorosa, gritada, sibilante, muito aguda ou com rr e tt de sotaque esquisito eram imediatamente descartadas. Seguindo uma espécie de *check list* já testado, ele ia fazendo perguntas e comentários que as levassem a revelar informações importantes.

Com o faro apurado pelo treino, ele poderia considerar-se um felizardo em matéria de freqüência e variedade. Tinha, de fato, tanto sexo quanto desejasse.

Experimentou mulheres de todas as cores, idades, tamanhos e tipos físicos. Já se afogara entre seios voluptuosos, bundas enormes e barrigas redondas. Derrapara em curvas sem conta, escalara pernas altíssimas, beijara minúsculos pés de princesas.

As branquinhas e as queimadas de sol, as roliças e as magrinhas, gatinhas e panteras, ah, ele adorava as mulheres.

Exemplares polares e tropicais, passando por todas as zonas temperadas. Valquírias nórdicas e belezas de ébano que o faziam sentir-se como um navegador cruzando pela primeira vez o Cabo das Tormentas no tempo em que o mundo era chato como um prato e dragões ferozes e monstros horríveis povoavam os mares. Ele era um explorador, um viajante sem rumo, sem bússola e sem mapas para consulta, aventurando-se nas delícias do sexo sem fronteiras.

Por seu diário de bordo passaram sereias diversas. Uma por vez, na maior parte das vezes. Às vezes, mais de uma. Poucas vezes, muitas de uma vez só.

Como naquela noite em que acompanhou quatro universitárias até o apartamento que partilhavam. Ele, o próprio sultão pós-moderno cercado por almofadas, fumaça de incenso, garrafas de vinho, calcinhas, camisinhas. As garotas se beijavam e cobriam-no de beijos, dançavam para ele uma coreografia das duas mil e uma noites, os umbigos em movimentos hipnóticos marcados por *piercings* de metal.

É, ele já provara de tudo.

Trepadas honestas como um bom filé com fritas.

Escapadas pecaminosas, ovos e *bacon* saturados de colesterol.

Sabores exóticos em misturas extravagantes de alho e óleo, pimenta, coco, *curry*, noz-moscada...

Molhos agridoces de máscaras, vendas, algemas e argolas.

Iguarias raras como testículos fritos de galo, como pirão de caldo de cobra, como transar em dupla com outro homem para satisfazer uma mulher gulosa.

Ele já vira de tudo.

Já ouvira de tudo, em muitas línguas.

Exceto ela, sua namorada.

A moça das sextas-feiras.

Ele a criava e esperava por ela.

Ele a reinventava a cada encontro.

Ele não saberia dizer o exato momento em que ela entrou na sua vida. Mas foi numa noite de sexta-feira, às oito horas, quando o telefone tocou. Ele atendeu e conheceu as infinitas possibilidades do silêncio dela.

Amada exigente, ele temia perdê-la. Tinha medo de desapontá-la e que ela então o abandonasse.

Ele, que conhecia todas as mulheres do mundo, amava uma mulher sem rosto e sem voz.

A mulher das sextas-feiras, às oito em ponto.

# Mundo pequeno

Depois do aguaceiro que castigara a cidade por cinco dias seguidos, era um prazer dirigir seu carro novo pela estrada cheia de curvas, o cheiro de terra molhada ainda pairando no ar.

Manhã de sábado, ensolarada, temperatura amena, um céu azul de porcelana. Era como se a natureza, depois de um recesso, tivesse decidido recuperar o tempo perdido.

André olhou de relance para a mulher sentada ao seu lado, já fumando àquela hora da manhã.

Ela também passava um longo tempo se arrumando em seu quarto antes de se apresentar, linda como sempre, à mesa do café. Todos os dias, André fazia um comentário gentil sobre a aparência da esposa, se bem que raramente houvesse alguma mudança significativa no figurino. Ela invariavelmente se vestia de preto: dezenas de peças básicas e caras, sempre em preto, nos mais nobres tecidos, abarrotavam o seu *closet*. Bolsas, cintos e sapatos também pretos. Às vezes usava uma jóia de ouro, mas sentia-se desconfortável com o brilho do metal; detestava pedras, achava vulgar. O cabelo preto e liso era mantido bem curto e emoldurava com elegância o rosto de pele muito clara. Ela evitava o sol e se maquiava de maneira a parecer que não estava usando nada. O único ponto de cor era o batom vermelho.

Isadora, alta e esguia, a melhor modelo da sua sofisticada grife de roupas. Tudo muito *clean*, tudo muito *cool*, tudo muito chato — pensou André, achando que ela bem poderia, de vez em quando, abrir uma exceção e usar um *jeans* e um par de tênis.

Parecendo ligeiramente entediada, Isadora suspirou e acendeu outro cigarro. Ela sabia que aquilo irritaria o marido e gostou da idéia de castigá-lo um pouco, talvez assim ele tirasse aquela expressão boba de alegria infantil da cara. Ah, a natureza, as matas, as flores, o canto dos pássaros... Pois sim, carrapichos, pernilongos, lama nos sapatos. De fato, escapava à sua compreensão o prazer que algumas pessoas sentiam em se enfiar no meio do mato, sujar as unhas de terra, lambuzar-se com frutas esquisitas. Mas o pior de tudo era o quesito churrasco e afins: Isadora revoltava-se ao se dar conta de que até mesmo o mais refinado dos homens tornava-se um troglodita segurando uma coxa de frango com as mãos, roendo um osso de costela ou atacando selvagemente um naco sangrento de carne malpassada. Outro suspiro, ainda mais longo que o anterior.

O carro deslizava suavemente pelas curvas da estrada. André seguira o conselho do pai de não viajar de noite por aquela estrada, perigosa e mal sinalizada. À luz do dia, entretanto, a paisagem era tão bonita que compensava as quase três horas de viagem. Esta deveria ser mais uma das razões para o péssimo humor de Isadora — levantaram-se bem cedo naquela manhã para poder chegar ao sítio antes da hora do almoço. Ele sabia o quanto era penoso para a mulher abrir os olhos antes das dez da manhã, ainda mais num sábado...

André calculou que fazia cinco semanas que ele não via o pai. Doutor Paulo era médico, professor, filósofo, poeta, escritor. Aos sessenta e tantos anos ainda mantinha o charme que o tornara famoso na juventude e que lhe valera o casamento com a maior beldade de sua época — Inês, mãe de André e de seus seis irmãos.

Doutor Paulo, uma figura impressionante. Exatos dois metros de altura, o corpo atlético mantido bronzeado e em ótima forma, cabelos completamente brancos e olhos azuis de galã de cinema americano.

Doutor Paulo era, antes de tudo, um sedutor. Apesar de sua inteligência viva, seus trabalhos premiados, sua competência profissional, era muito difícil não se deixar encantar simplesmente por seu sorriso e por seu cavalheirismo um tanto fora de moda. As mulheres de todas as idades derretiam-se por ele, o que às vezes chegava a provocar uma ponta de ciúmes em algum dos rapazes.

Fora dele a idéia de reunir os filhos e suas famílias para um fim de semana no sítio. Doutor Paulo exigira a presença de todos, prometendo uma surpresa para o almoço de sábado.

Doutor Paulo e a linda Inês tiveram sete filhos, todos homens. Todos altos como o pai, todos bonitos como a mãe.

Hoje eram médicos, advogados, engenheiros, empresários; o caçula elegera-se deputado federal. André lembrou-se da mãe a dizer que não admitiria que nenhum de seus filhos se tornasse padre, militar ou funcionário público.

Isadora era filha única. André pegou-se pensando em como sua vida seria diferente se ele não tivesse irmãos. Na verdade não conseguiu formular nenhuma hipótese, pois era impossível imaginar pertencer a um outro tipo de família.

Os sete irmãos formavam uma entidade. Um time, um grupo, um batalhão. André sempre se sentira como parte de um todo perfeito, assim como as cores do arco-íris, as notas musicais ou os dias da semana. Parecia-lhe que, quando juntos, cada um dos irmãos se mostrava no melhor de si e fazia realçar as qualidades dos demais; separados, eram apenas meninos, rapazes ou homens altos, bonitões, inteligentes e razoavelmente bem-sucedidos. Em conjunto, porém, funcionavam como elementos de uma orquestra de virtuoses, uma unidade.

André afundou o pé no acelerador. Um raro trecho reto na estrada repleta de curvas convidava a testar os limites do motor. Era um belo carro — boa máquina, linhas arrojadas. Sentia-se satisfeito consigo mesmo: o carro importado, o apartamento dúplex de cobertura, a empresa — uma construtora — indo de vento em popa, principalmente agora que vencera a concorrência para a construção da nova sede do Tribunal na capital, o clube, as festas, o uísque doze anos, a esposa culta e elegante. Eles ainda não tinham filhos, haviam decidido esperar até que as respectivas carreiras se consolidassem. André desconfiava que a idéia de uma criança trepando com os sapatos sujos e limpando as mãos engorduradas de chocolate nos sofás forrados de *soie sauvage* bege-areia não era exatamente a imagem que Isadora fazia da felicidade. Ele também não tinha muito tempo para pensar no assunto, de maneira que a questão da descendência fora relegada ao quase esquecimento, sendo mencionada apenas ocasionalmente por casais de amigos com filhos. "Ah, sim, filhos... Vamos esperar mais um pouco", era a resposta-padrão de Isadora, entre uma e outra taça de champanhe, e punha fim à conversa.

André desligou o ar-condicionado e abriu a janela do carro. A lufada de ventou trouxe-lhe à mente o rosto suave da mãe, falecida havia sete anos. Ela gostava de vento, a bela

Inês. Adorava cavalgar, andar de bicicleta, velejar... André sorriu ao lembrar de uma cena de sua infância: um balanço — uma tábua presa por duas cordas grossas a um galho da centenária mangueira do quintal —, sua mãe sentada no balanço e um grupo de sete meninos formando fila e disputando o privilégio de fazê-la balançar bem alto.

— Querido, se você não se importa, eu prefiro que feche a janela e ligue o ar-condicionado — a voz de Isadora interrompeu seu acesso de nostalgia.

André fechou a janela enquanto tentava se lembrar do nome do idiota que afirmara que os homens procuram nas mulheres as mesmas características e até o tipo físico de suas próprias mães. Nada mais distante da realidade, pelo menos em seu caso. As duas mulheres, a mãe e a esposa, ambas lindas, ambas inteligentes, ambas encantadoras, e tão diferentes como o dia e a noite.

Noite. A doce, quente, macia e perfumada noite. Laila. Ela lhe dissera que seu nome significava noite, em árabe. Imaginava-a deitada sobre almofadas de seda e veludo, a pele morena cheirando a rosas, esperando por ele. Laila, uma princesa das mil e uma noites, cuja imagem exótica vinha incendiando suas fantasias havia meses.

André a conhecera na primavera anterior. Ele estava procurando um presente para Isadora, em comemoração pelos três anos de casamento.

No primeiro aniversário oferecera-lhe um colar de ouro e rubis que combinaria perfeitamente com a pele clara e os lábios sempre vermelhos de Isadora. Ela agradecera, elogiara o desenho da peça, mas nunca a usara. Tempos depois, numa festa, André a ouvira dizer a algumas amigas que não gostava de pedras.

No segundo ano, redimira-se da gafe anterior ao comprar um quadro de um pintor que era a mais nova sensação no mundo das artes plásticas.

Para o terceiro aniversário de casamento André pensara em uma caneta ou talvez um relógio, já que a esposa tinha tantas reservas em relação a jóias.

Tudo aconteceu muito rápido.

A moça de olhos esverdeados começava a lhe mostrar os relógios quando o casal, que estava sendo atendido por um outro vendedor, se levantou e o homem, em voz baixa, deixando aparecer um revólver debaixo do paletó, ordenou que André e a moça se dirigissem, em silêncio, para uma saleta onde os funcionários da loja guardavam bolsas e casacos. O outro rapaz, sob a ameaça da arma apontada para as suas costas, seguiu as instruções dos assaltantes e depois foi trancado no cofre.

Soube-se, mais tarde, que o casal bem vestido saiu da joalheria carregando uma sacola estampada com o famoso logotipo da marca — uma estrela branca — e seguiu andando calmamente pelo *shopping center*, sem que ninguém notasse nada de anormal.

André não saberia dizer quanto tempo ficou preso com Laila naquele quartinho apertado e escuro. Provavelmente, não mais que dez minutos. Alguém que entrou na loja e percebeu a ausência dos funcionários alertou o serviço de segurança do *shopping*. André e Laila foram soltos e responderam às perguntas dos policiais. O vendedor que teve maior contato com os ladrões pôde dar uma boa descrição do casal, apesar da crise de asma desencadeada pela tensão e pelo fato de ter passado angustiantes minutos espremido dentro do cofre.

André respirou fundo, tentando resgatar na memória o perfume de Laila. Um aroma vagamente oriental o fazia pensar em tâmaras e damascos. Na verdade ela era uma fruta madura de casca macia, suculenta, que dava vontade de afundar os dentes na polpa carnuda e deixar escorrer o suco pelos cantos da boca.

Ela dava fome.

André lembrou que teve de se conter para não dar uma lambida em seu pescoço enquanto estiveram presos naquele armário. Laila era apetitosa como a cobertura de creme de um bolo enfeitado que provoca um desejo irresistível de passar o dedo e chupar o glacê.

André diminuiu a velocidade. De repente formara-se um comboio e um início de serra com curvas muito fechadas impedia que o carro avançasse mais rápido. À sua frente um velho caminhão resfolegava e fazia um barulho ritmado, tentando vencer a dura subida. Eles estiveram tão próximos que ele pudera ouvir o som das batidas do coração dela. Durante o assalto Laila não disse uma só palavra; ela tremia, ele quis confortá-la, envolvê-la em seus braços, mas não a tocou.

O relógio que ele havia escolhido para Isadora foi levado pelos ladrões. Depois que terminaram de dar seus depoimentos e foram liberados pela polícia, Laila disse-lhe que providenciaria outro relógio do mesmo modelo, que ele voltasse no dia seguinte para buscá-lo.

Longas 24 horas depois, lá estava ele de volta à joalheria, ansioso como um rapaz que iria pedir uma moça em namoro. Naquela manhã cortara-se ao fazer a barba e mostrara-se distraído, sem conseguir se concentrar no trabalho.

Laila entregou-lhe o estojo com o relógio dentro de uma sacola da loja, pediu desculpas pelo transtorno e sorriu. Usava um sóbrio uniforme azul-marinho e o mesmo perfume de odalisca. Era quase uma da tarde e André convidou-a para almoçar, a fim de apagar o mal-estar da véspera; Laila disse-lhe que não poderia sair àquela hora, mas que seu expediente terminaria às duas e meia e que seria um prazer se pudessem tomar um café juntos.

André entrou em um restaurante, fez o pedido, mas mal tocou na comida. Depois passou um tempo vagando pelos corredores do *shopping*, maldizendo a lentidão dos ponteiros do seu próprio relógio.

Às duas e pouco ele já a esperava no lugar combinado — uma confeitaria. Sentara-se à última mesa no fundo, de frente para a entrada, de maneira que pôde acompanhar a aproximação de Laila. Ela trocara o uniforme por um vestido preto de mangas cavadas, justo e curto, sandálias de salto alto e tiras largas de camurça preta, o braço direito coberto do pulso até quase o cotovelo por pulseiras de prata, algumas com detalhes em madrepérola e marfim; mais acima, um tipo de fita de prata enrolava-se como uma cobra. No braço esquerdo, um bracelete de prata de uns doze centímetros de largura contrastava com a pele dourada e dava-lhe um ar de rainha.

Em qualquer outra mulher aquela quantidade de enfeites certamente seria excessiva. Em se tratando de Laila, o exagero a fazia magnífica e a tornava o único foco possível das atenções. André despiu-a mentalmente, deixando só as sandálias e as pulseiras.

Ele levantou-se e puxou a cadeira para ela; não pôde deixar de mencionar o seu abundante uso da prata. Laila confessou que, apesar de trabalhar numa joalheria tradicional, preferia suas coisas de prata ou de qualquer outro material; que, conforme ele bem notara, gostava de abundância e que jamais poderia comprar a quantidade de jóias que achava necessária para compor o efeito que conseguia juntando, por exemplo, suas trinta argolas de madeira. Ela contou que também colecionava peças feitas de pedras brasileiras, de chifre, de âmbar...

Âmbar. Laila era cor de âmbar, cor de mel, cor de leoa.

A pele de âmbar e os cabelos de fios ondulados de mel escorrendo pelas costas.

Ela sugeriu um café e ele precisou fazer um esforço para se lembrar de onde estava.

André acordou de seu devaneio e, sempre hábil conversador, viu-se, constrangido, completamente sem assunto. Nenhuma tirada engraçada, nenhum comentário espirituoso. Não lhe ocorreu falar sobre o assalto, sobre o movimento das lojas do *shopping center* no mês de outubro ou sobre o horário maluco e os hábitos alimentares de sua companheira de mesa, que dissera não ter almoçado e já estava tomando outro café, bem forte e sem açúcar.

Ele só conseguia pensar em devorar aquela mulher.

Morder, mastigar devagarinho e engolir. Queria engolir Laila e empanturrar-se dela.

Ela estava dizendo que era viúva, que o marido — piloto de aviação comercial — morrera em um acidente aéreo havia quatro anos, deixando-a com um filho, um apartamento de dois quartos e uma pensão que era suficiente para que mantivesse seu padrão de vida, mas que não permitia nenhuma extravagância. Contou que adorava o marido e que passara por um longo e sofrido período de luto; que a sua morte deixara um vazio insuportável e que apenas a existência de seu garotinho, que acabara de completar sete anos, a ajudara a sobreviver àquele pesadelo.

Laila levou à boca um pequeno bombom de chocolate que acompanhava o café e levantou-se, dizendo estar na hora de ir buscar o filho na escola. André pagou a conta e juntos saíram da confeitaria. Foram andando lado a lado até os elevadores e André sentiu-se como num antigo musical da Broadway, onde sempre existe um cone de luz seguindo cada passo do artista principal do espetáculo. Ele deixou-se iluminar pelo brilho prateado daquela estrela da tarde e foi atrás dela como uma sombra feliz.

André acompanhou-a até o carro, disse-lhe um muito obrigado e um até logo um tanto desajeitados e esperou até que ela saísse do estacionamento. Ficou ainda algum tempo parado no mesmo lugar. Um som estridente de buzina causou-lhe um sobressalto. Ele então entrou em seu próprio carro e voltou para sua própria vida.

Outra buzinada nervosa. Isadora chamou sua atenção. O que é que estava havendo com ele afinal? Parecia estar sonhando acordado! Demonstrando irritação, ela pediu-lhe que prestasse mais atenção à estrada.

A estrada sinuosa como as curvas da serpente de prata enrolada no braço de Laila.

Alguns dias depois, André telefonou para a joalheria e renovou o convite para um almoço; Laila disse que às sextas-feiras ela saía mais cedo da loja, e assim combinaram o encontro num restaurante especializado em peixes e frutos do mar. Na época, estava acontecendo na cidade um importante evento de moda e Isadora achava-se totalmente absorvida na preparação do desfile da sua mais elegante e mais cara coleção.

André escolhera aquele restaurante por estar fora do circuito freqüentado por seus amigos e clientes; a probabilidade de encontrar algum conhecido era pequena, pensara ele ao fazer a reserva. Aguardando a chegada de Laila, aumentava a tensão provocada pelo medo de ser flagrado almoçando com outra mulher. Isadora era ciumenta e ficaria furiosa se ele a colocasse em uma situação embaraçosa.

André já estava quase se convencendo de que aquele convite fora um erro quando teve seu olhar atraído para a porta de entrada. O *maître* a conduziu até a mesa, partilhando por um breve momento do foco de luz que parecia segui-la a cada movimento.

Maravilhosa num vestido curto cor de palha feito de um tecido rústico que pareceu a André muito áspero para o contato com a pele que ele supunha tão macia, as muitas pulseiras de prata e marfim desta vez só no braço direito, Laila veio ao seu encontro.

O almoço foi agradável e tranqüilo. André relaxou — boa comida, bom vinho, boa conversa; falaram e falaram sobre cinema, música, viagens... Tomavam o café quando Laila lembrou que deveria ir buscar o filho na escola às quatro horas. Ainda faltavam alguns minutos para as três e André sugeriu que fossem passear pelo terraço e pelos jardins do restaurante, que ficava à beira de uma represa.

Andaram em silêncio, admirando os canteiros bem cuidados; continuaram até um mirante meio escondido entre as árvores. Ela avançou até o parapeito de madeira, André a abraçou por trás e enfiou o rosto em seus cabelos, depois a virou para si e beijou-a suavemente, saboreando o gosto dos lábios, dos dentes, da boca. A fome aumentava. Ele meteu a língua dentro dela. Voraz. Parou quando pensou ter saciado seu apetite, só para descobrir que ainda queria mais. Mais Laila. Pura gula.

André sentiu a boca seca e pediu a Isadora uma de suas balas de menta.

Laila tinha dado a ele o seu número de telefone. André aproveitou a ausência de Isadora, que saíra com as amigas para um jantar só de mulheres (para colocar os assuntos em dia, dizia ela), e ligou para Laila na terça-feira da semana seguinte à do almoço às margens da represa.

O telefone foi atendido por uma secretária eletrônica e André pensou em desligar, mas esperou alguns instantes para ouvir a gravação com a voz de Laila. Antes que a mensagem terminasse, porém, a própria Laila atendeu. Ele perguntou se poderiam sair para beber alguma coisa; após uma breve troca de palavras com outra pessoa que entrara na sala — alguém que ficaria em casa com o garoto, ele supôs —, Laila concordou, mas disse que não poderia se demorar, que deveria estar de volta à meia-noite. Muito conveniente, pensara André, aliviado por não ter sido ele a dizer que tinha apenas algumas poucas horas livres. Marcaram encontro no bar do Hotel Ibéria.

Isadora estava apontando para uma placa à beira da estrada que indicava a existência de um posto de gasolina e restaurante a trezentos metros. Ela pediu-lhe que parassem, estava morta de sede. Ao descer do carro, reclamou do piso do estacionamento forrado de cascalhos que entravam pelos espaços entre as tiras de suas sandálias, ferindo-lhe os pés.

Sentada num banco alto estofado de couro verde com tachas de latão, ela cruzou as pernas e ajeitou a costura da meia. Segurando o copo pela haste, Laila admirou a cor rosada do vinho português cheio de pequenas bolhas que faziam cócegas no nariz. O vinho a fez lembrar do marido e de um fim de tarde na praia, a espuma branca das ondas cobrindo seus pés, eles recuavam, rindo, à medida que a maré subia, levantavam os copos e a garrafa de vinho *rosé* para que não fossem carregados pela água. Ah, seu querido marido, um romântico. Ele a amava e cuidava dela, sempre gentil, atencioso. Será que algum dia ela encontraria um substituto à altura? O homem por quem esperava, André, talvez ele fosse um bom candidato a companheiro de viagem. É, parecia estar interessado nela, era simpático, inteligente, bonito.

Laila pensou que bem poderia se apaixonar por André — um *gentleman* capaz de atitudes ousadas, e ela apreciava a coragem num homem. E havia aqueles seus beijos...

André entrou no luxuoso saguão do Hotel Ibéria. Deu a volta à fonte de água que formava um belíssimo conjunto com as esculturas de aço que pareciam brotar do chão. Pôde vê-la ao longe, no bar, iluminada, apesar da penumbra do ambiente; tinha na mão um copo de vinho e olhava distraidamente para a entrada do hotel.

Ele passou por algumas pessoas que aguardavam uma mesa para o jantar no restaurante de comida espanhola. Alguém reclamava da desorganização da fila, insistia em falar com o gerente. André seguiu em frente, sem dar atenção ao burburinho à sua esquerda. Só tinha olhos para Laila. O decote profundo mostrando parte dos seios grandes. Que gosto teriam aqueles seios?

— Ah, que lindo, um marido apaixonado! — exclamou uma excitada voz feminina, à porta do restaurante. E completou:

— Isadora, acho que André resolveu conferir a sua história e a seguiu até aqui. Ou, quem sabe, ele pense que você tem um amante e está disposto a desafiar o rival para um duelo ao amanhecer?

André viu-se rodeado por seis mulheres. Isadora, surpresa por encontrá-lo ali e envergonhada pelo comentário irônico da amiga, deu-lhe um beijo seco no canto da boca e segurou em seu braço. Sem esperar pela resposta, a amiga enlaçou-lhe o outro braço e disse:

— Bem, já que você está aqui, junte-se a nós e venha tomar um *drink*. Vamos brindar ao amor!

André deixou-se levar pelo grupo mais alguns passos em direção ao restaurante espanhol. Ele ainda se voltou para o bar.

Laila não estava mais lá.

André freou bruscamente e o carro deu um tranco. Ele inventara um motivo qualquer para explicar sua presença no Ibéria. Isadora aceitara a desculpa sem discutir e não se falou mais no assunto.

E se Isadora não tivesse acreditado na sua justificativa? E se ela percebesse alguma mudança em seu comportamento e o pressionasse para que dissesse a verdade? Ele confessaria que estava completamente louco por outra mulher?

E quanto a Laila? André não fizera nada. Não telefonara, não a procurara mais. O que será que ela esperava dele? Teria ela preferido que ele se apresentasse com o discurso típico do marido infeliz no casamento buscando uma amante compreensiva ou acharia melhor que ele sumisse da sua vida e a deixasse em paz?

Agora, passado aquele tempo, André não podia deixar de lamentar a sua estupidez. Abriu totalmente a janela do carro e ignorou o gritinho indignado de Isadora quando o vento arrancou uma ponta da cinza de seu cigarro, que caiu em seu colo, sujando a calça preta de crepe.

Estavam quase chegando. André avistou a placa indicando a estrada de terra que levava à porteira do sítio. O caminho ladeado por eucaliptos era uma descida íngreme e de lá se tinha uma boa visão da propriedade do pai. Um bando de borboletas batendo freneticamente as asas coloridas cortou a frente do carro. André respirou fundo e tomou uma decisão: na segunda-feira iria procurar Laila, mesmo temendo que ela o chamasse de covarde ou coisa pior, mesmo que ela o rejeitasse. Sentia agora que precisava enfrentar aquela situação, que não podia mais suportar tantas perguntas sem respostas.

A porteira azul estava aberta. André passou por ela e dirigiu o carro por um caminho lateral que conduzia a um abrigo coberto onde já estavam estacionados vários outros carros. Pelo visto, eles eram os últimos a chegar.

André saiu do carro, esticou as pernas e virou-se para abraçar o pai que, em esplêndida forma e exibindo um sorriso de pura felicidade, viera recebê-los.

Doutor Paulo cumprimentou Isadora com dois beijos no rosto e um galanteio, ofereceu-lhe o braço e convidou-a a entrar. André os seguiu e não pôde deixar de notar que mesmo o poderoso mau humor de Isadora se dissipava na presença de seu pai. Passaram pela espaçosa varanda que contornava toda a casa. As portas francesas emolduradas por plantas trepadeiras e grandes vasos de barro com gerânios abriam-se para o terraço e davam as boas-vindas aos recém-chegados.

Estavam juntos novamente, os sete irmãos. Namoradas, noivas, esposas e crianças pequenas espalhavam-se pela sala. Ao fundo, a grande mesa de madeira já arrumada para o almoço.

— E então, pai? — perguntou o filho caçula. — Estamos todos curiosos. Qual é a grande surpresa afinal?

Doutor Paulo lançou um olhar de professor, esperando que a barulhenta classe fizesse silêncio. Só então continuou:

— Eu os chamei aqui hoje para lhes dizer que me casei novamente. Queria que conhecessem minha mulher. Ela não deve demorar, ah, lá vem ela!

Todos olharam para o gramado que se estendia diante da varanda.

Cavalgando um alazão puro-sangue, os cabelos soltos sacudidos pelo vento, ela passou pela porteira.

Ao se aproximar da casa, ela puxou as rédeas e parou. Desmontou e fez um afago na cabeça do animal.

A mulher sorriu para os membros da sua nova família e beijou o marido.

André quase não a reconheceu sem as pulseiras.

# Veluma Star

Ele se apaixonou pelos meus dentes.

Acendia aquela lâmpada bem na minha cara, segurava meu queixo e me virava a cabeça para um lado e para o outro.

Estou acostumada a ser examinada como um cavalo ou um tomate na feira. Medem, pesam, apalpam. Não me incomoda que ele olhe meus dentes, só a luz forte me incomoda.

"Abra, querida. Isso, deixe bem aberta. Assim. Assim."

Ele dizia que a arcada era um sonho e a mordida, um exercício de perfeição...

Na primeira vez, tirou a máscara e as luvas de borracha. Estava se despindo antes de me penetrar. Pôs a mão na minha boca, passava os dedos pelos meus dentes, roçava a unha na ponta dos incisivos, dos caninos. Chupava o próprio indicador e o colocava de volta, bem fundo, lá dentro sobre o meu molar.

"Pode morder, querida, assim, devagar."

Ele arfava, de olhos fechados.

"Mais forte agora, por favor, ah, mais, mais forte, ah!"

Trezentos reais.

Deve ser bem menos do que ele cobra por um aparelho ortodôntico dos mais simplesinhos.

Gosto quando ele me chama.

Serviço rápido e limpo.

Nem sempre é assim, porém. Atendo todo tipo de clientes, uns até que preferia recusar, mas se começar a escolher demais acabam me excluindo do *book* da agência de acompanhantes.

Tenho o outro *book* também, o da agência de modelos, uma "étnica" para cada vinte garotas brancas.

Eu sou negra, preta muito preta, e me chamo Veluma — como aquela manequim famosa de antigamente —, e o nome não poderia ser mais apropriado.

Minha mãe sempre sonhou um futuro glorioso para mim nas passarelas. Uma pantera luzidia a avançar majestosa, ondulando, rainha de ébano.

Bem, felina, sim. Mas, quando muito, uma gata de andar macio.

Que falta fazem os malditos dez centímetros! É só o que me separa da fama, do *glamour*, do dinheiro de verdade. Se eu fosse dez centímetros mais alta, estaria desfilando em Nova York, Paris, Milão, e não gastando salto alto de porta em porta, passando o dia sem comer nada em intermináveis filas de *castings* para ouvir os mais absurdos veredictos. Que o seu cabelo está muito liso ou muito crespo ou muito curto ou muito comprido ou muito médio. Que os lábios são isso ou aquilo. E o mais perverso, o mais cruel de todos: pequena demais.

Já nem tento testes para desfiles ou editoriais de moda. Tenho dado mais sorte em publicidade. No ano passado, fiz dois comerciais importantes: uma participação no filme de um creme hidratante para peles escuras e a campanha de lançamento de uma marca de chocolate ao leite. Fiquei linda segurando a jarra com aquele leite que era um leite falsificado, puseram tinta guache diluída para deixar o leite mais branco.

Fotos de maquiagem, do tipo que as revistas femininas publicam de tempos em tempos, reunindo uma loira, uma ruiva, uma morena, uma oriental e uma negra, nunca consigo pegar. Sou escura demais e as cores não aparecem em mim.

Pequena demais.

Escura demais.

Branco é a minha cor. Vai ver é por isso que faço tanto sucesso com dentistas. E médicos.

Houve um cirurgião que me contratou para animar uma festa em seu apartamento. Pagou adiantado e recomendou que eu chegasse cedo para um pré-operatório original: deitada numa maca forrada com um lençol branco, completamente nua, a pele preta listada de carreiras de cocaína. Sentia cócegas quando alguém encostava o canudo na minha barriga e aspirava. Nos biquinhos dos seios o pó era lambido e me dava um arrepio louco. Entre as pernas ardia.

Os europeus também sabem apreciar uma beleza exótica.

Lembro quando fui selecionada, eu e mais umas dez meninas, para recepcionar um grupo de empresários suecos hospedados no Ambassador. Eles chegariam de helicóptero e deveríamos esperá-los, de botas longas e biquínis, no terraço do prédio de 21 andares. As outras não tiveram a menor chance. Eu simplesmente arrasei, dancei para eles até que notas de dólares estalando de novas transbordassem das botas brancas pelo meio das coxas e da calcinha do biquíni que desenhava um minúsculo triângulo branco na minha bunda retinta. Transei com vários deles numa incrível confusão de línguas e pernas.

Minha mãe não desconfia de nada, acredita que estou fazendo progressos na profissão, seguindo exatamente os planos que ela traçou desde que me pegou nos braços, uma bolinha de piche, e decidiu que eu seria Veluma Star, que me tornaria uma estrela no milionário mundo da moda, que nunca haveria pele de veludo mais negra nem dentes — pérolas raras — como os meus.

Ela só se esqueceu dos dez centímetros.

"Abra, abra mais, querida. Assim..."

Ele ligou a lâmpada.

Detesto esta luz.

# A morte vem pelo correio

Naquela manhã, como de costume, Joana verificou a caixa de correio.

Era metódica, gostava de seguir a mesma rotina; em todos os aspectos de sua vida, o que mais prezava era a ordem. Ao se vestir, primeiro a calcinha, depois as meias, a saia, os sapatos, o relógio, os brincos de pérolas, e só então colocava o sutiã e a blusa. Diante do espelho do banheiro contornava cuidadosamente os lábios com batom, retirava o excesso com um lenço de papel e voltava a aplicar o batom, repetindo exatas quatro vezes a operação.

Manias? Bem, cada pessoa tem os seus hábitos, pensou Joana ao fechar a caixa de correio, dando duas voltas com a chave. Aliás, sempre fazia isso, girar a chave duas vezes na fechadura.

Abriu a porta do escritório e depois a fechou com os costumeiros dois giros da chave, pendurou a bolsa no encosto da cadeira e sentou-se com o maço de cartas à sua frente.

Gostava de aproveitar aquela meia hora antes da chegada do dr. Teodoro para separar a correspondência, geralmente bastante volumosa. Joana trabalhava como secretária do talentoso e promissor advogado já havia seis anos e sabia o quanto o chefe apreciava sua organização e eficiência.

Envelopes relativos aos processos do escritório, à direita. Jornais e boletins informativos, à esquerda. Propagandas e materiais promocionais, de um lado; extratos de bancos, contas e assuntos internos, outra pilha. Convites e envelopes não timbrados, no centro.

Ao ajeitar as pilhas sobre a mesa, Joana demorou-se naquela do centro.

Em meio ao branco predominante destacava-se, atrevida, uma ponta de papel lilás. Joana puxou para si o envelope que, como todos os outros anteriores, naquele indecente tom de lilás, não tinha indicação do remetente e era endereçado a *Teodoro*, assim mesmo, sem o *Dr.* de praxe, sequer um *Ilmo. Sr.* No canto inferior direito, uma etiqueta grande, lustrosa e vermelha, onde se lia em sinuosas letras roxas — CONFIDENCIAL —, parecia zombar dela como uma língua molhada passeando pela boca carnuda. O papel lilás era grosso, um tanto áspero e ligeiramente perfumado.

A cada vez que chegava uma daquelas cartas, o que vinha acontecendo havia mais de dois meses, sempre às quartas-feiras, Joana sentia-se estranhamente constrangida e colocava o envelope lilás por baixo, o último da pilha de "assuntos pessoais". Ainda assim, por serem os envelopes grandes e em formato fora de padrão — quadrados —, o contraste entre o papel lilás e o marrom-escuro da bela mesa de madeira entalhada do advogado conferia ao ambiente sóbrio uma nota de vulgaridade.

Como das outras vezes, Joana sentiu-se tonta. O envelope lilás parecia dançar diante dela como uma daquelas bailarinas de *cancan* dos quadros de Toulouse-Lautrec. A mancha vermelho-vinho fundindo-se com as cores violáceas trazia-lhe à mente as poses lânguidas das mulheres que aguardam os clientes, reclinadas em divãs de veludo, que ela vira num dos livros de arte que ficavam sobre uma mesinha lateral na sala do dr. Teodoro.

Joana se pegava imaginando como seria a mulher (sim, só poderia ser uma mulher) remetente do envelope lilás e torturava-se tentando adivinhar o conteúdo das cartas.

A mulher...

Poderia apostar que tinha os cabelos de um ruivo ruidoso e debochado.

Os lábios, certamente úmidos e vermelhos.

Unhas longas, igualmente rubras, de pontas quadradas, deslizando pela camisa imaculadamente branca do dr. Teodoro.

Ah! E o que diria ela naquelas suas cartas? Lembranças da última noite de amor? Convites provocantes? Propostas obscenas?

Era desconcertante que uma mulher como aquela ousasse se aproximar de um cavalheiro como o dr. Teodoro. Uma aventureira, é claro, tentando seduzi-lo, enredá-lo com seus truques perversos para que ele abandonasse a esposa.

E essa, então? Pobre mulher! Joana não a conhecia pessoalmente; falavam-se às vezes pelo telefone, a senhora esposa do chefe sempre muito delicada e cortês. Dizia-se que dona Verônica era mais velha que o marido, que pertencia a uma família muito rica, que era avessa a compromissos sociais e que passava a maior parte do tempo na casa de campo, dedicando-se à pintura e aos seus cachorros, pois o casal não tinha filhos.

As mãos trêmulas, Joana rasgou o envelope lilás. Na folha de papel da mesma cor, numa caligrafia ondulante e sensual, Joana leu:

*Meu amor,*

*Hoje finalmente você estará livre do pesado fardo que é a sua esposa.*

*Esta noite você será um homem viúvo e nada mais impedirá a nossa felicidade.*

*Tudo será feito de maneira a parecer um acidente e nós poderemos então viver totalmente o nosso amor.*

*Mal posso esperar!*

*Quero comemorar com champanhe.*

*Estarei hoje, quarta-feira, às 11 horas, na mesa 9 do Café Terrasse, usando o vestido vermelho de que você tanto gosta.*

*O champanhe estará no gelo, esperando por você.*

*Com todo o meu amor...*

Joana não podia acreditar! A tal fulana tramando o assassinato de dona Verônica, a esposa do dr. Teodoro! E ele tomando parte ou, no mínimo, sabendo de tudo! Não, não, era completamente impossível! Ela conhecia aquele homem, tão estudioso, honrado, trabalhador; conquistara a posição em que estava hoje à custa de muito esforço próprio, independente da fortuna ou das relações da família de sua mulher. Ele não era o monstro que se sentaria à mesa de um restaurante, às onze horas da manhã, acompanhado da amante, para brindar com champanhe à morte ainda não ocorrida de sua esposa.

Joana abriu a gaveta da mesa do dr. Teodoro e pegou um revólver que ele mantinha limpo e carregado. Guardou a arma na bolsa e saiu às pressas do escritório, esquecendo-se de trancar a porta.

No ambiente elegante do Café Terrasse a clientela, àquela hora da manhã, era formada em sua maioria por freqüentadores habituais. Garçons circulavam por entre as mesinhas redondas enfeitadas com pequenos arranjos de violetas.

Na mesa 9, uma linda mulher de pele muito clara, cabelos de um ruivo flamejante, levava aos lábios uma taça de champanhe.

Minutos antes de ter sua atenção voltada para a moça que entrara correndo no restaurante empunhando um revólver, Verônica pensava, distraída, na estranha fantasia de seu marido. Teodoro a fizera prometer estar lá, sempre às quartas-feiras, na mesma mesa do Café Terrasse, às onze horas da manhã, tomando champanhe e usando aquele vestido vermelho que, a bem da verdade, era um tanto espalhafatoso para o seu gosto.

Joana segurou a arma com força e mirou na mancha vermelha à sua frente.

O fio de sangue escorrendo pela testa da mulher ruiva da mesa 9 parecia ser do exato tom do vestido.

# Janela indiscreta

O homem da terceira janela do penúltimo andar do prédio de tijolo à vista tem um binóculo.

São seis horas e o céu está claro ainda, vejo o reflexo do sol nas lentes, o vizinho sem camisa deve ter um belo fim de tarde, todos os dias, da sua janela do penúltimo andar, face noroeste.

Ele está olhando para cá, tenho certeza, posso sentir suas lentes cravadas em mim.

Sirvo-me um copo de vinho branco, o balde de gelo com a garrafa deixei no chão, perto do sofá de dois lugares onde me deito com as pernas para o alto, por cima do encosto.

A primeira coisa que faço quando chego em casa é tirar os sapatos. O piso da sala é de granito, gosto de andar descalça sobre a pedra lisa e fresquinha.

Tenho o meu ritual, os pés para cima, um ou dois copos de vinho, relaxar no sofá branco colocado bem de frente para o janelão que provoca vertigens em quem tem medo de altura. As folhas de vidro vão do chão ao teto, fixas até quase a metade, e de correr, na outra parte. A vista é deslumbrante, a sensação de espaço aberto me agrada. E de perigo também.

O copo está molhado. Da haste escorre um pouco de vinho gelado entre os meus seios. Abro o primeiro botão do vestido decotado, e o segundo botão. Com o dedo recolho a gota de vinho e a ponho na boca. Passo a base do copo pelo peito, o vidro frio faz arrepiar os mamilos.

Bebo mais um gole e abro outro botão. O copo vazio eu esfrego de leve na barriga, a pele bronzeada está quente e por um momento esqueço do copo que parece ter se fundido e se incorporado ao meu umbigo.

Sobram quatro botões no vestido azul estampado de margaridas.

Olho pela janela: eles ainda estão lá, o homem e o seu binóculo.

Abro os últimos botões e deixo o tecido molengo se esparramar pelo sofá.

Pego a garrafa do balde de gelo e a aperto entre as coxas, as margaridas e a calcinha branca ficam encharcadas.

Afasto a calcinha, faço o vidro gelado encostar na pele sem nenhum pêlo. Objetos de diferentes texturas e temperaturas... Eu gosto, até inventei uma brincadeira a dois, um jogo de adivinhação.

Seguro a garrafa com a mão esquerda e a deixo entrar no meio ansioso das minhas pernas. A outra mão acaricia a carne nua em movimentos mais e mais rápidos, cada vez mais rápidos.

Ah! Eu grito.

O grito alto sacode as vidraças e escapa pela janela, mistura-se ao som das buzinas da hora do *rush*.

O homem sem camisa ainda está lá e sei que sorri para mim.

# A outra

Andando pela avenida América naquela atipicamente quente e ensolarada manhã de inverno, Vera pensava em como tudo, afinal de contas, é uma questão de ponto de vista. Acabara de passar diante de uma banca de jornal e tivera sua atenção voltada para uma revista feminina que trazia estampado na capa o título de uma matéria sobre casamento; na verdade, um guia completo, em dez lições, sobre como convencer os homens a se renderem às delícias do matrimônio.

"Casamento. Elas querem. Eles, não." Pois sim! Vera ajeitou o casaquinho do *tailleur* vermelho usado diretamente sobre a pele, modelando os seios fartos e a cintura estreita da advogada de 36 anos que parecia, no mínimo, uma década mais jovem.

O momento de sua chegada ao prédio onde trabalhava era sempre um acontecimento. O porteiro, um rapaz negro alto e forte, elegante em seu uniforme, abria-lhe a porta e demorava-se examinando o crachá que a moça lhe exibia. Desculpava-se com um sorriso e seguia-a com o olhar, enquanto Vera se dirigia aos elevadores. Conversas ligeiras e assuntos importantes eram interrompidos, homens e mulheres se calavam e só se ouvia o som dos saltos de seus sapatos em *staccato* sobre o piso de granito.

Era sempre assim. Vera. Bonita, cabelos castanhos caindo em ondas largas até os ombros, olhos amendoados, o nariz talvez um pouco grande demais. Altura média, corpo bem-feito. Gostava de se vestir bem, mas era dona de um estilo todo seu, que pouco tinha a ver com as tendências da moda.

Sim, era atraente. Porém, nada nessa descrição poderia preparar o observador para o impacto que sua presença causava. Quente, luminosa, magnética, parecia envolta por uma densa aura de sensualidade.

Dentro do elevador, Vera repassou mentalmente a agenda do dia. Às dez horas, a reunião de rotina das segundas-feiras, ocasião em que os "primeiros-advogados" faziam uma breve exposição aos colegas dos casos em curso, trocavam idéias e traçavam estratégias de ação. O escritório era um verdadeiro conglomerado jurídico, atuando em todos os ramos do Direito. Assim, acontecia de um mesmo cliente usar os serviços de assessoria tributária, para sua empresa, e de consultoria imobiliária, para administrar seu patrimônio, enquanto uma terceira equipe cuidava do processo de separação judicial e de partilha de bens.

Ironicamente, Vera — uma ebulição de vida e energia — atuava na área de Sucessões. Era perfeita para o cargo, pois as pessoas se sentiam relaxadas e tranqüilas discutindo com ela os termos de seus testamentos.

Disposições de última vontade, legados e inventários eram assuntos tratados com absoluta naturalidade. Termos pomposos como quinhão, acervo e fideicomisso incorporavam-se à linguagem coloquial. Vera conduzia seu trabalho com tal perícia que se tornava difícil aceitar o preceito legal segundo o qual a existência da pessoa natural termina com a morte. Que nada! Somos imortais, era o que fazia crer a bela mulher.

Afastados os pensamentos sombrios de infelicidade e desgraça, ficava fácil encarar a morte como mera formalidade.

Vamos acabar logo com isso para podermos continuar a festa.

Música e dança.

Comida e bebida.

Beijos e risos.

A morte, meus senhores, é apenas uma piada de mau gosto.

E todos acreditavam nela. Afinal, nunca a morte lhes parecera tão improvável como na presença da doutora bonita vestida de cores vibrantes.

Certa vez um amigo dissera-lhe que, se não estivessem tão distantes como o Sol e a lua de Plutão, ela bem poderia ser coroada a rainha Elizabeth dos trópicos, só faltariam os chapéus...

O comentário brincalhão era alusivo às cores de seus quase trinta conjuntos de casaco acinturado e saia reta. O comprimento da saia e a altura do transpasse do primeiro botão que formava um decote em V ficavam na exata fronteira entre o impróprio e o *comme il faut*. Um centímetro a mais na fenda da costura da saia amarelo-gema de lã macia seria o suficiente para macular a sua reputação de profissional séria. Ou um erro de cálculo da costureira, um descuido ao assentar a gola do casaco alaranjado, poderia arruinar o figurino com que Vera tão cuidadosamente vestia o seu personagem para o dia.

Apesar da exuberância do colorido, ela jamais permitia a visão de uma alça de sutiã ou de parte da coxa ao cruzar as pernas. O corte de cabelo, a maquiagem, o perfume, as jóias, o relógio, tudo nela se situava no limite da correção, e isso tinha um efeito devastador. Os homens pegavam-se imaginando o que Vera usaria por baixo daquele arco-íris fantástico e faziam força para controlar os pensamentos cheios de lascívia. As mulheres a invejavam, mas conseguiam acalmar sua fúria com reflexões do tipo "Vera não entende nada de moda, rosa-choque é completamente *out*" ou "meio excêntrica, mas gentil, competente, e tem um comportamento irrepreensível. Pior seria se desse em cima de todos os caras que não tiram os olhos dela".

Quando ela iniciava a leitura de um testamento vestida de verde-alface, ninguém via nisso um sinal de desrespeito para com o falecido; alguns até achavam que a doutora pretendia animá-los e fazê-los esquecer, ainda que por poucos momentos, do próprio doloroso luto. E isso era o mais próximo que Vera chegava da morte — a reunião com os parentes vivos, chorosos em seus trajes negros. Tinha como lei número 1 não comparecer a velórios ou funerais de qualquer natureza.

Outra coisa que aguçava a curiosidade dos colegas e clientes era o fato de uma mulher jovem, bonita, independente e solteira não fazer esforços para mudar o seu estado civil. Sabia-se que Vera morava sozinha num apartamento com serviços de hotel a três quarteirões do escritório, que sua família era de alguma longínqua cidadezinha do Sul e que ela desenhava as próprias roupas. Nunca foi vista com um namorado, não aceitava presentes nem convites, delicadamente recusava a sugestão para um jantar ou um cinema na companhia de outras moças ou de um colega solteiro.

Seria lésbica a mulher de sedosos cabelos castanhos? Ou quem sabe tivesse em seu passado algum malsucedido caso de amor? O que faria ela em seu tempo livre, algum passatempo, um vício secreto? Um amante? A advogada era calma, atenta e trabalhava bastante, talvez tivesse por meta a ascensão profissional e por isso concentrasse todas as suas energias em defuntos e heranças.

Nada de chopinho depois do expediente ou uma inocente *happy hour* numa mesa ocupada por quatro garotas em algum bar da moda. Também não fazia o tipo religiosa, de Bíblia debaixo do braço.

Ela era um mistério.

Passava longe de grupinhos femininos onde se conversava sobre roupas, dietas, homens, sapatos, homens, signos, lipos, homens, celulites, homens, alergias...

Não assistia a novelas nem sabia o nome do galã do momento. Não reclamava do esmalte que deixara pequenas bolhas de ar sobre as unhas. Não falava sobre um milagroso creme com lipossomas para pele desidratada. Não pedia o endereço da loja que vendia aquela blusa maravilhosa. Não comprava produtos de beleza da sacoleira que fazia seu comércio no banheiro do terceiro andar. Não guardava um estoque de biscoitos na gaveta da escrivaninha. Não culpava o bolo brigadeiro do fim de semana pelo excesso recém-adquirido no contorno do quadril.

Quando alguma novata queria puxar assunto e lhe perguntava qual academia de ginástica ela freqüentava, Vera respondia que mantinha a forma com longas caminhadas.

O único comentário remotamente pessoal já ouvido no escritório foi quando, ao ferir-se com a tampa metálica de um frasco de café, Vera disse à copeira que detestava embalagens difíceis de abrir e máquinas que não funcionam.

O tempo passava, as pessoas morriam e Vera conduzia o processo de continuidade da vida através das gerações usando suas roupas de um colorido quase vulgar.

O preto ela reservava para a noite.

De preto se vestia para o sexo.

A escuridão era a sua camuflagem na atmosfera sombria das casas noturnas para solteiros encravadas em ruas mal iluminadas de bairros remotos.

A Vera noturna, a outra, aquela dos bares esfumaçados de fim de madrugada, envolvia-se em luto fechado e se entregava a mãos desconhecidas.

Dedos sem dono metiam-se sorrateiros entre suas pernas e mexiam nela até que ela resolvesse mudar de lugar e fosse tomar seu uísque *cowboy* — puro e sem gelo — no balcão, onde um número incerto de homens já meio bêbados iria se esfregar nela.

Ela ondulava os ombros lentamente como se dançasse, alheia aos sons à sua volta. Balançando os quadris e as pernas, semicerrava os olhos e se perdia na sensação deliciosa de muitas mãos acariciando seu corpo. Os homens — porque Vera sempre chegava naquela hora em que não há mais mulheres nos bares e os homens remanescentes já desistiram de tentar arrumar companhia e então se deixam ficar, entorpecidos, até o momento de enfrentar cada qual sua própria solidão —, bem, os homens... Eles enlouqueciam quando percebiam o que estava acontecendo.

Os tímidos apenas observavam, fumavam seus cigarros e esvaziavam seus copos, enquanto outros voluntários mais arrojados se dedicavam a participar do espetáculo.

Vera no centro da roda, passando de mão em mão. O que mais excitava a platéia era a sua entrega total, a completa aceitação de carícias indistintas.

Um homem a beijava no pescoço e passava a mão em seus seios, outro abria os botões da blusa e soltava o fecho frontal do sutiã, enquanto um terceiro já se adiantava para lamber os mamilos túrgidos. A saia curta de tecido molengo não oferecia a menor barreira a que dedos curiosos explorassem suas coxas e sinalizassem caminho livre até a vagina quente e molhada.

Alguém a abraçava segurando-a pelas nádegas, outro homem vinha e colava-se por trás, fazendo-a sentir o volume duro pressionando-lhe as costas. Um deles a sentava em seu colo, de pernas abertas, de frente para os demais; com a mão direita apalpava os seios e a esquerda, em movimentos ritmados, entrando e saindo dela, três dedos rápidos.

Num dado momento, Vera colocava seu copo sobre o balcão, pegava sua capa preta — um casaco longo, sem botões, de corte circular, usado simplesmente jogado sobre o corpo — e saía caminhando como se nada tivesse acontecido. Ela ia embora antes que as pessoas entendessem o que se passara e não faltava quem duvidasse que uma mulher houvesse mesmo dado aquele *show* e creditasse a lembrança da cena ainda tão viva em sua memória a variados níveis de embriaguez.

Outras vezes, dependendo do horário e do ambiente, ela entrava e escolhia uma mesa, tirava sua capa e pedia um uísque. Bebia devagar, em pequenos goles, sentia na boca o gosto amargo, esperava pelo calor na língua e só então engolia. Tomava apenas uma dose; quando acabava, o garçom trazia-lhe água com gás e uma rodela de limão.

Sua presença era sempre notada e provocava uma certa agitação. O jeito tranqüilo com que ela se portava e bebericava seu *drink* dava a impressão de que estava esperando alguém. Aquele ar de serena segurança que têm as mulheres acompanhadas.

Vera avaliava a freqüência local.

Quanto mais cedo, maior o número de mesas ocupadas por grupos de mulheres. Produzidas para a noite, estudavam cada pessoa que passasse: mulheres, para comparar as roupas e medir a concorrência; *gays*, para marcá-los e não considerá-los no leque de opções; homens, esses sim, divididos em vários subconjuntos, conforme as expectativas de cada uma.

Havia os homens acompanhados e ponto final; os homens acompanhados com potencial para desacompanhados; os homens desacompanhados sozinhos; os homens desacompanhados em duplas; os homens desacompanhados em grupos.

Quanto aos homens desacompanhados sozinhos, cabiam algumas considerações. Parece solteiro e/ou desimpedido ou tem cara de quem deixou a namorada/noiva/esposa em casa e saiu para caçar? Está a fim de conhecer alguém e ter uma amizade ou só quer ir daqui direto para um motel e amanhã, adeus? Será perigoso? Bebe demais? Usa camisinha? Tem filhos do primeiro casamento? Tem marca de aliança no dedo? Situação financeira definida? Será que fica bem de fraque? Ou meio-fraque, se a cerimônia for de dia...

Já os desacompanhados em duplas ou grupos, além do questionário aplicado aos desacompanhados sozinhos, passavam por mais duas provas, uma quantitativa (por exemplo: a conta certa é três homens para três mulheres, senão uma fica sobrando, e viemos num carro só...) e outra de caráter qualitativo (o.k., três homens para três mulheres, mas quem vai ter a primeira escolha? — geralmente, a dona do carro).

Vera achava engraçado o comportamento das mulheres que saem em turma na esperança de arrumar um namorado ou conhecer o grande amor de suas vidas. Sempre aquele olhar hesitante, davam risadinhas cobrindo as bocas com as mãos e cochichavam diante de seus copos de coquetel.

As mulheres faziam questão de ignorar a presença de Vera.

Passado algum tempo, quando os homens finalmente se convenciam de que Vera estava sozinha e disponível, acontecia de virem se apresentar, tentar uma conversa, oferecer-lhe outra bebida. Ela às vezes deixava que se sentassem e lhe fizessem companhia, mas apenas se fossem pelo menos dois. Não queria dar a impressão a um único homem de que poderiam formar um par.

Vera não se incomodava com os olhares de puro ódio com que as outras mulheres, sobretudo as da turma mais próxima, a fuzilavam.

Se o lugar permitisse, segundo características como tipo de iluminação ou comprimento da toalha de mesa ou disposição das cadeiras, Vera não desencorajava o deslizar de mãos por sua perna, um abraço, um beijo no ombro direito, outro beijo na orelha esquerda. Dançava com um, depois com o outro, e então com os dois juntos. Enquanto um de seus novos amigos sussurrava em seu ouvido, Vera fitava cada um dos outros homens presentes.

Podia ficar só nisso e ela se levantar e ir embora, largando os homens famintos para quem se dispusesse a alimentá-los.

Vez ou outra, porém, Vera saía com dois ou três homens. Ela, sempre em seu carro, pedia aos rapazes que a seguissem e dirigia até um motel que aceitava mais de um casal por quarto e cobrava uma quantia extra *per capita*.

Essas noitadas eram memoráveis. Sexo. Vera só queria sexo. Sem cobranças, sem drogas, sem violência. Sexo, sexo, sexo. Queria sexo até não agüentar mais, até ficar com a garganta seca e as pernas moles de tanto trepar.

Vera queria os homens e tudo o que eles pudessem lhe dar. Esperava que eles se revezassem para satisfazê-la. Gostava de senti-los por todo o seu corpo, concentrava-se no próprio prazer, pouco importando quem ou quantos eles fossem.

Dentro de algumas horas, ela estaria discutindo legados e usufrutos vestida de cor-de-rosa.

O primeiro cliente a vê-la pela manhã na certa imaginaria uma flor ainda orvalhada desabrochando à luz do sol.

Tinha sido assim com Leopoldo Milano. Dono de um império no ramo frigorífico constituído por indústrias e fazendas no Mato Grosso, milhares de cabeças de gado, aviões, helicópteros, carros, casas e apartamentos espalhados pelo mundo, 72 anos, viúvo, dois enfartes, cinco pontes de safena, uma única filha casada vítima de freqüentes crises de depressão por não conseguir engravidar.

O escritório prestava assessoria jurídica às empresas do Grupo LEO havia muitos anos, mas foi somente depois de sua última cirurgia, que coincidiu com a internação da filha em uma clínica para tratamento de depressão e desintoxicação provocada por excesso de tranqüilizantes e bebidas alcoólicas, que ele se resolveu a preparar um testamento.

A simples relação de suas propriedades representara um trabalho de vários dias para Vera e seus auxiliares.

Disposto a ajudar a filha a superar seus problemas emocionais, Leopoldo tentara persuadir o genro a considerar a hipótese de investigar as causas da infertilidade e, se fosse o caso, iniciar um tratamento adequado, já que a moça — Marina — era completamente avessa à idéia de adoção.

Também ele, conforme confessara à advogada, não escondia que preferia legar sua imensa fortuna a herdeiros de seu próprio sangue.

Leopoldo falou-lhe, durante uma de suas primeiras entrevistas, sobre a festa de casamento da filha. Um castelo particular no vale do Loire, na França, fora palco de um evento digno de figurar em uma superprodução cinematográfica; entre os convidados, membros da nobreza européia, estrelas de Hollywood e príncipes do petróleo. Vera lembrava-se de ter visto páginas e mais páginas com fotografias e reportagens sobre o acontecimento mais comentado da temporada em diversos jornais e revistas havia pouco mais de três anos.

Desde então, Leopoldo Milano esperava a chegada de um neto e via, com profunda tristeza, a filha querida mergulhar num sofrido processo de autodestruição.

Quando Marina começou a se interessar por Daniel, Leopoldo Milano mandara investigar o rapaz. Apesar de figurar no topo da lista dos solteiros mais cobiçados, o jovem *playboy*, amante de esportes aristocráticos, não tinha muito o que esperar da vida se dependesse da situação financeira de sua família, tradicional clã às portas da falência. Na opinião de Leopoldo, Daniel era então um caça-dotes queimando as últimas reservas para tentar fazer um bom casamento.

Daniel Reys — bonito, elegante, bem-educado.

Marina, perdidamente apaixonada, só tinha olhos para o seu cavalheiro galante e, ajudada pela mãe e pela irmã do noivo, assíduas freqüentadoras das colunas sociais e de listas do tipo "as dez mais", passara meses envolvida com os preparativos do casamento, que exigira providências dignas de um cerimonial de chefe de Estado.

Vôos fretados.

Quartos do Plaza Athénée, em Paris, reservados para os convidados.

O local, transporte, acomodações, decoração, segurança, serviços... Uma quantidade infindável de itens a serem considerados. Uma soma absurda de dinheiro gasta prodigamente por gente que nunca ganhara um único centavo por força de seu próprio trabalho.

Leopoldo aconselhou-se com Vera e decidiu-se por oferecer um incentivo ao genro Daniel.

Ficou acertado que cada criança que nascesse do casamento de Marina e Daniel receberia uma propriedade, sob a forma de doação entre vivos com cláusula de usufruto, cabendo ao pai — Daniel — a administração e os rendimentos provenientes da referida propriedade.

Caso o nascimento ocorresse após a morte de Leopoldo, foi instituído, em testamento, um legado para cada neto, também gravado com cláusula de usufruto em favor de Daniel.

Além disso, tão logo se confirmasse a primeira gravidez de Marina, Daniel receberia o Haras Milano, onde eram criados e adestrados os famosos cavalos para esportes.

Vera solicitou a presença de Daniel Reys no escritório de advocacia, para tratar de assunto de seu interesse. Coube-lhe a missão de informar ao genro de Leopoldo Milano o teor das suas recentes disposições.

Leopoldo pedira-lhe também, como um favor pessoal, que usasse os argumentos que julgasse necessários para persuadir Daniel a se consultar com um médico que era a maior autoridade em reprodução humana e que, dizia-se, trabalhava com os mais modernos recursos e técnicas de fertilização assistida.

Vera ainda não o conhecia pessoalmente, mas pôde entender o fascínio de Marina por Daniel no momento em que o homem loiro e muito bronzeado cruzou a porta de sua sala. De terno e gravata, parecia tão à vontade como se vestisse um de seus culotes e botas de montaria; o sorriso de dentes mais brancos que ela já vira e a pele de um dourado curtido de quem pode se dar ao luxo de viver ao sol. Um homem daqueles talvez fosse o bastante na cama. Talvez. Será que ele tinha energia e imaginação suficientes? Ou só estampa... De qualquer maneira, tratava-se de um belo exemplar.

Vera saiu de trás de sua mesa e o convidou a sentar-se no sofá de couro que era uma das relíquias do escritório. Sentou-se ao lado de Daniel e serviu duas xícaras de café de um bule de prata sobre a bandeja preparada numa mesinha lateral.

"Ela parece um quindim. Puxa, que atrevimento esse tom de amarelo. Que delícia de mulher!" Daniel ouvia a voz suave de Vera explicando-lhe a última do sogro. "Será que ela tem alguma coisa com o velho? Tudo bem, se ele quer me fazer o genro mais feliz do mundo, por que não? Poupe seu latim, docinho, já me convenceu. Onde é que eu assino? Como é mesmo a piada? Ah, sim. Porco gordo e sogro rico só valem depois de mortos. *De cujus*. O haras. Legal, taí, gostei, o grande pão-duro finalmente resolveu coçar o bolso. Espero que Marina ofereça um mínimo de cooperação", pensava Daniel, lamentando apenas não poder resolver o assunto ali mesmo. "Vera, Eva, amarela, gema, gemer... Ah, gostaria de ouvi-la gemer."

Dias depois, Vera soube por Leopoldo que Daniel e Marina tinham sido encaminhados a um especialista em reprodução assistida e que Marina estava se submetendo a um tratamento de infertilidade; ela mostrava-se confiante e animada com a possibilidade de sucesso da gravidez. Talvez animada demais, confidenciara Leopoldo a Vera, deixando que uma ponta de preocupação diminuísse a alegria de ver a filha enfim lutando e enfrentando seus problemas, longe do álcool e dos tranqüilizantes.

Era um procedimento estafante e exigia do casal, principalmente da mulher, um alto grau de resistência emocional. Após vários exames, foi diagnosticada uma má-formação nas trompas de Marina, o que levou à indicação da fertilização *in vitro*.

A pretexto de entregar-lhe alguns documentos que seriam necessários para o ato de doação do haras, Daniel pediu à sua secretária que agendasse um encontro com a doutora Vera, do escritório de advocacia.

O turquesa do conjuntinho ajustado de Vera combinava com os olhos de Daniel, que parecia estar fazendo um pequeno intervalo entre uma partida de tênis e o passeio em seu veleiro de quarenta pés. Naquela quarta-feira azul de maio, ele usava calça de sarja e um pulôver largo de tricô com tranças grossas no mesmo tom cru da calça. Ele franziu os olhos ao receber em cheio no rosto a claridade que invadia a sala pelas amplas janelas envidraçadas e Vera soube então que teria aquele homem.

Daniel falava de Marina e da verdadeira maratona que era o tratamento para infertilidade.

Contava que Marina ficou impossível! Logo no início os seios cresceram e ela saiu para comprar sutiãs novos e roupas para gestantes.

Após a implantação é preciso aguardar cerca de duas semanas para saber se houve a fixação dos embriões no útero. Isso acontecera havia quatro dias e Marina achava-se num estado infernal de ansiedade. Ela passava o dia conversando com os embriões na barriga, acordava chorando, tinha crises de taquicardia e ia ao banheiro o tempo todo, com medo de ter menstruado.

Ainda precisariam esperar dez dias para enfim fazer o exame que verifica se a fertilização foi bem-sucedida.

Leopoldo dera instruções para que a papelada de transmissão da propriedade do haras fosse preparada, antes mesmo da confirmação da gravidez. Mesmo se o tratamento falhasse, dissera ele a Daniel, o casal poderia tentar novamente e, portanto, acreditava que já deveriam ultimar a doação do haras.

Daniel parou de falar. Vera estava em pé diante dele e o olhava fixamente. Ele se levantou e ficaram frente a frente, muito perto, sem se tocar. Ela parecia hipnotizá-lo. Era como se Vera o sugasse para dentro dela e pretendesse mantê-lo para sempre lá, prisioneiro. O encanto se desfez quando a secretária bateu à porta e entrou trazendo as cópias dos documentos que Vera solicitara.

A tentativa falhara.

Daniel tinha o seu haras.

Leopoldo tinha a promessa do genro de que fariam um novo tratamento tão logo Marina se recuperasse.

Marina tinha um imenso buraco na barriga a ser preenchido com doses maciças de uísque e pílulas para dormir.

Vera tinha um novo caso: o inventário dos bens deixados pela jovem milionária Marina Milano Reys, vítima de uma *overdose* de tranqüilizantes, falecida sem testamento, cuja fortuna beneficiaria o marido, único herdeiro.

Um ano após a morte de Marina, Vera reencontrou Daniel numa festa oferecida pelo vice-presidente de uma das empresas do Grupo LEO. Desde o dia em que se falaram no escritório dela e várias vezes depois, já viúvo, Daniel tentara vê-la. Telefonava, convidava-a para jantar, e Vera sempre recusava, sem oferecer qualquer justificativa.

Ele a observava de longe, linda, conversando com dois executivos do Grupo e suas esposas. Achou-a diferente, talvez o cabelo usado preso num penteado frouxo...

Ela estava de preto, um elegante vestido simples e sem qualquer detalhe, um pouco acima do joelho, de gola alta e mangas justas até os pulsos; a surpresa ficava por conta do abissal decote nas costas, quando ela se virava.

Daniel se deu conta de que nunca a tinha visto de preto.

Aproximou-se dela, driblando um e outro grupinho de convidados e os garçons que circulavam com suas bandejas pela sala cheia de gente, e finalmente postou-se a uns dois metros de distância de Vera, ela de costas para ele.

Vera sentiu um arrepio percorrer-lhe a espinha desde a nuca até o fim do decote situado muito abaixo da cintura. Ela virou-se e sorriu para Daniel.

Ele ofereceu-lhe o braço e ela o aceitou, recatada. Os dois foram andando até a sacada de onde se via um extenso gramado contornando a piscina enfeitada com arranjos de flores que boiavam na água encrespada pelo vento frio. Vera e Daniel eram as únicas pessoas no terraço, os demais convidados preferiam o calor do interior do salão.

— Quero que se case comigo — Daniel surpreendeu-se dizendo a primeira coisa que lhe veio à cabeça. Ele não soube interpretar a expressão divertida no rosto de Vera e achou que a tivesse lisonjeado com o pedido de casamento.

— Não quero me casar com você. Na verdade, não quero me casar com ninguém.

— Mas eu quero você — insistiu Daniel. — Não consigo pensar em mais ninguém... Não entendo, achei que você me quisesse também. Aí você não responde aos meus telefonemas, manda a secretária dizer que está com a agenda repleta de compromissos. Quem é você, doutora? O que você quer?

— Eu? Ah, nada. Não quero nada. Só que você se case com uma moça de beleza clássica e sólidos padrões morais — Vera falava, debruçada sobre a grade de ferro, olhando para o jardim iluminado. — Ela lhe dará bebês rechonchudos e rosados e saberá contratar a babá ideal, uma que fale três idiomas e tenha noções de enfermagem. Ela irá a desfiles de moda e a chás de caridade oferecidos pelas senhoras do clube. Organizará bingos beneficentes e enfeitará as colunas sociais. Mandará bordar monogramas em ponto cheio nos lençóis e toalhas, e nos seus lenços, bem miúdos, em ponto de cruz. Cuidará para que jamais faltem botões nas suas camisas e encomendará seus ternos e sapatos feitos sob medida. Os uniformes das copeiras estarão sempre impecáveis, as toucas e os aventais de organdi devidamente engomados. Ela escolherá os presentes de aniversários, os presentes de casamentos, os presentes de batizados... Enviará flores e telegramas, felicitações, condolências. Comparecerá a enterros e missas de sétimo dia, de óculos escuros, para disfarçar os olhos inchados. Será uma anfitriã correta. Agradecerá e aceitará convites. Agradecerá e recusará convites. Acompanhará a sogra nas compras e fará confidências à cunhada. Juntas, descobrirão os melhores cabeleireiros, os estilistas *top* do momento e a única marca de cosméticos que realmente funciona. Seguirá tratamentos de estética facial e fará uma plástica desnecessária com o cirurgião mais badalado da cidade. Ela se sentirá atraída pelo instrutor de tênis e você vai perdoá-la, pois, afinal, ela é a esposa extremada e a mãe dos seus filhos.

— Quanto a mim — Vera prosseguiu —, eu serei a outra e você me mandará flores, jóias e perfumes, que irei aceitar. Você perderá um tempão escolhendo presentinhos, coisas baratas, um livro de sonetos, balas molhadas de coco, um par de brincos de jade, sem dia certo nem hora marcada, sem data, só pra me agradar. Você me convidará para dançar quando sua mulher estiver em temporada de verão na casa de praia com as crianças. Vai me levar a um cruzeiro pelas ilhas gregas, alegando uma viagem de negócios. Passaremos horas numa *maison* parisiense escolhendo modelos caríssimos e extravagantes e eu trocarei de roupa na sua frente e desfilarei para você. Você deixará mensagens apaixonadas na minha secretária eletrônica. Comeremos ostras, nus, na cama. Não discutiremos a relação. Você dormirá depois, sem se preocupar com o que dizem as revistas femininas. Terá sonhos eróticos e acordará melado. Eu continuarei sendo a mesma, a outra. A outra que você não conhece, que nem sabe que existe. E que você chamará de vadia, que será para você como uma ferida purulenta que não cicatriza nunca, e você vai se sentir um verme por me desejar mais do que jamais imaginou ser possível.

Vera puxou-o pelo braço e o conduziu para fora do salão. Desceram a escadaria de mármore, saíram da casa e foram até o estacionamento. Ela pediu a um dos rapazes do serviço de valetes que lhe trouxesse seu carro.

Vera dirigia. Daniel, ao seu lado, olhava para fora da janela, intrigado; não estava certo de querer entender o que Vera lhe dissera minutos atrás, na festa. Ela tentava se lembrar quando fora a última vez que alguém ocupara o banco do passageiro de seu carro.

Rodaram por bastante tempo, praticamente atravessaram a cidade.

Avenidas, viadutos, curvas, túneis, pontes. Finalmente, Vera parou o carro em frente a um muro de tijolos pintados de cor de mostarda. Mais adiante, um letreiro luminoso piscava e prometia diversão e música ao vivo no The Company Single's Nights. Eles desceram e ela pôs a chave e uma nota de dinheiro dobrada na mão do manobrista, recomendando-lhe que mantivesse seu carro numa vaga de fácil acesso. Daniel nunca estivera naquele bairro, não era o tipo de lugar que ele pensasse em freqüentar.

A longa capa preta enfunada atrás de si, Vera entrou no galpão escuro onde funcionava a casa noturna. Daniel a seguiu até uma mesa perto do bar e ajudou-a a despir a capa, que Vera deixou dobrada sobre uma cadeira. Ela pediu um uísque puro e ele, um *scotch on the rocks*.

Ficaram os dois quietos, bebendo e olhando em volta. Daniel notou que outros homens procuravam o olhar de Vera, mas ela não deu atenção a eles. Ela parecia pairar sobre a espessa nuvem composta de fumaça de cigarros e da respiração nervosa dos homens e mulheres que se encaravam como o touro e o matador, resfolegando, exibindo as armas — chifres e espadas —, medindo forças no instante que precede o combate.

Vera fez um gesto pedindo a Daniel que continuasse sentado, levantou-se e foi até o balcão onde dúzias de homens se acotovelavam, desenhando um semicírculo ao redor da minúscula pista de dança. O conjunto formado por uma banda barulhenta e a gorda vocalista — uma negra loira espremida num macacão de lurex dourado — tocava uma música que fazia sacudir os copos de vidro e as garrafas sobre o balcão. A batida frenética de ritmo indefinido era acompanhada por alguns casais e duplas ou grupos de mulheres dançando entre si e que lançavam olhares sedutores aos homens que fincavam posição na segurança do bar e dos outros homens, seus semelhantes.

De repente Vera também estava lá, entre os homens, balançava o corpo devagar, fora do compasso da música. Um homem pôs o nariz em seu pescoço, um outro começou a se esfregar nela. Um tipo alto e corpulento corria a mão aberta pelo decote das costas. Ela se virou e o homem enlaçou-a pelo peito, a mão como uma pata peluda cobrindo o seio esquerdo.

Vera sorria e olhava para Daniel. Ele pôde enfim compreender o que ela tentara lhe dizer antes. Sentia uma vontade incontrolável de matá-la, aquela vaca. Sentia uma necessidade sangrenta de derrubá-la e meter nela até que ela admitisse que só precisava dele e de mais ninguém.

Perplexo, sentindo-se tão podre como Vera profetizara, Daniel afastou a cadeira, pegou seu *scotch*, andou ziguezagueando por entre as mesas e foi se juntar aos outros homens no bar.

# Azul-hortênsia

Eu mandei fazer um vestido de *mousseline* todo bordado com miçangas e canutilhos, num magnífico tom de azul-hortênsia.

Fui ao cabeleireiro e pedi um penteado complicado com aplique de cachos caindo pelas costas.

Pus unhas postiças porque as minhas, roídas até o sabugo, não seguravam o esmalte.

E me postei assim toda linda na calçada do *buffet* onde seria realizada a festa de casamento de dois desconhecidos, mas à qual — eu tinha certeza — estaria presente o homem que eu vinha tentando conquistar havia meses.

Quando ele chegou, não pôde deixar de me notar, brilhando como uma fada, pensou que eu também fosse uma convidada, ofereceu-me o braço e entramos juntos, pisando o tapete de veludo vermelho.

Os noivos daquela festa tiveram dois filhos, dois advogados e um divórcio litigioso.

Eu e o meu amor somos advogados, ajudamos os casais a se separar, e estamos casados até hoje.

# Carnaval

Fevereiro.

Noite suada de cidadezinha do interior.

Sob um céu de purpurina eu conheci o sexo.

Acho que tinha uns quinze anos, usava um vestido curto de cetim preto com manchas douradas como uma onça ao contrário, lantejoulas também douradas contornavam o decote de um ombro só e desciam pela frente até a barra, salpicando de reflexos metálicos o meu traje de mulher das cavernas.

A intenção era brilhar, sobressair em meio à multidão de piratas, odaliscas, melindrosas... Nos bailes de carnaval do Itibiçá Tênis Clube os foliões caprichavam nas fantasias.

Nada de soluções óbvias: lençóis jogados sobre o corpo em diferentes arranjos de árabes ou fantasmas sem alma, panos estampados enrolados em sarongues sem imaginação, colares de flores de plástico balançando no peito de havaianos sem caráter.

Fantasias improvisadas, como uniforme de time de futebol ou macacão de piloto de corrida, eram muito malvistas, verdadeiro desrespeito ao espírito da festa.

Camiseta, bermuda, calça *jeans* e similares representavam a morte social.

De maneira que a minha mulher-onça-pré-histórica preta e dourada estava perfeitamente integrada ao ambiente. Ainda mais porque o tecido preto parecia uma extensão dos meus cabelos acetinados e as manchas douradas se confundiam com o tom da minha pele bronzeada pelo sol generoso da cidade sem poluição.

Só as lantejoulas...

Aqueles pequenos círculos que eu passara dias e dias costurando numa seqüência interminável de brilhos, até ficar com os dedos feridos pela agulha, até encher o chão da casa de estrelinhas redondas, até sentir as pupilas arderem ao levantar a cabeça num movimento súbito e enxergar infinitos pontos de luz.

A luz das lantejoulas não era nada.

Todas as lantejoulas de todas as fadas, todas as princesas, todas as bailarinas, todas as colombinas, todas as Cleópatras juntas não eram nada perto da luz que lambeu meus olhos quando eu o vi.

Fábio.

Eu o amava havia meses.

Eu o procurava por toda parte.

Na saída do colégio de freiras só para meninas, onde os rapazes de outras escolas se aglomeravam para observar as garotas de saia pregueada xadrez cor de vinho e meias três-quartos.

Na sorveteria que fervia nas noites de verão.

Na piscina do clube — a Ipanema local.

Nas brincadeiras dançantes para maiores de quatorze anos que eu freqüentava desde os doze.

Nunca nos falamos nem fomos apresentados. Na cidade provinciana todos se conheciam, apenas os forasteiros eram formalmente apresentados. Ainda assim, eu achava que ele não sabia o meu nome, que nem se dera conta da minha existência.

Deve ter sido a luz das lantejoulas que o trouxe para mim na terça-feira de carnaval.

No salão grande do clube — centro dos acontecimentos —, o baile propriamente dito abrigava dois tipos de foliões.

Os que sozinhos (poucos), aos pares (a maioria) ou em blocos (os trenzinhos) dançavam, repetindo antigas marchinhas ou o mais recente sucesso da Rita Lee, alguns enfiando o nariz em lenços encharcados de éter, descrevendo um giro sem fim pelo salão.

O outro grupo formava um cordão fixo ao redor do primeiro, uma parede de gente que pulava sem sair do lugar e se esforçava para dar a impressão de que estava se divertindo. Baianas tentando se fazer notar, ciganos tomando coragem para abraçar a bruxinha boazuda de chapéu pontudo e bustiê de lamê, a dançarina dos sete véus apertando os lábios para não chorar a cada passagem do gênio da lâmpada dos seus desejos enlaçando a cintura daquela sereia horrorosa de escamas furta-cor.

Um marinheiro me levou para o meio da roda.

Fábio.

Minha felicidade era tanta que seria capaz de girar para sempre, em órbitas de samba e serpentina. Mas, depois de três voltas pelo salão, Fábio me conduziu para fora, até o terraço, e perguntou se eu gostaria de beber alguma coisa. Não se permitiam copos nem garrafas lá dentro, apenas no setor das mesas numeradas servidas por garçons e nas áreas externas.

Esperei encostada à grade do portão das piscinas, o coração aos trancos fazendo saltar as lantejoulas do vestido, mal podendo acreditar no que estava finalmente acontecendo.

Fábio voltou com dois copos de plástico: cerveja para ele, guaraná para mim.

Tomou de um só gole mais da metade e, ainda segurando o copo, cruzou os braços atrás do meu pescoço e me trouxe a cabeça de encontro à sua.

Ele me beijava com muita calma, como se não tivesse mais nada a fazer nos próximos anos. Nenhum compromisso, portanto, só a língua indolente com gosto de cerveja a percorrer o céu, o chão e os dentes da minha própria boca inexperiente.

Sua boca sorvia a minha, a língua saía, chupava os lábios, o queixo, voltava para dentro.

Eu me sentia flutuando num mar de cerveja, tudo girava, vozes longínquas ordenavam: "Lança, menina, lança todo esse perfume, desbaratina...".

Fábio parou e bebeu outro gole. Ele segurou minha mão e eu fiquei surpresa de ainda estar ali. Pensava ter evaporado, partículas quentes de mulher-onça em dispersão.

Fomos andando pelo gramado em torno das piscinas, desviando de um Peter Pan bêbado ali, um casal de namorados mais adiante, um saci de duas pernas caído no jardim, adormecido, roncando alto com o cachimbo na boca.

As luzes das quadras de tênis estavam apagadas, não se pretendia que alguém fizesse uso daquelas dependências do clube em noite de baile de carnaval.

Nós subimos e sentamos no último degrau da arquibancada, lado a lado, como se esperássemos o início do jogo. Provei o guaraná morno e fiz uma careta. Fábio tirou o copo da minha mão e o colocou perto do seu, ainda com um resto de cerveja.

Sua língua agora não voltava para a minha boca depois de me beijar os lábios e o queixo. Descia pelo pescoço até encontrar os seios, a barriga. O vestido de pele de onça transpassado na frente já não era mais um vestido.

Fábio me beijava e me lambuzava de saliva de cerveja. Ele quis tirar minha calcinha, tentei impedi-lo, não, por favor, não, segurei seu braço, os copos de plástico derramaram cerveja e guaraná entre as minhas pernas molhadas por um outro líquido que eu não conhecia. Ele se ajoelhou no degrau de baixo e lambeu minhas coxas e a vagina úmida colada ao tecido da calcinha. Ele mordia de leve, dava chicotadas com a língua, a calcinha enrolara-se num cordão grosso que ele repuxava ao se mexer, aumentando ainda mais a pressão.

E então eu gritei.

Um grito primitivo. Um grito de mulher das cavernas.

Um grito da primeira mulher a conhecer o sexo.

O grito assustou meu jovem marinheiro.

Temendo que alguém viesse ver o que estava acontecendo, Fábio se levantou e arrumou meu vestido. Pegou os copos de plástico e atirou-os longe.

Havia medo em sua voz:

— Venha, vamos voltar.

— Bobagem — eu disse. — Ninguém vai nos encontrar aqui.

— Vamos logo, depressa! — ele insistiu.

Fábio com medo, com medo...

— Vá indo na frente — eu o liberei. — Eu vou depois.

Fábio desceu as arquibancadas e desapareceu na escuridão das quadras de tênis.

Eu fiquei lá no meu vestido de onça preto e dourado, curtindo a primeira vez em que vi estrelas de olhos fechados.

De lá para cá tive muitos homens.
Pedros, Renatos, Fernandos...
Namoros firmes, casos passageiros.
Paixões, casamentos, divórcios.
Tive também outros Fábios.
Fábios loiros e Fábios morenos.
Fábios indecisos.
Fábios medrosos.
Coincidência.
Destino.
De lá para cá, todos os meus amores fugazes se chamaram Fábio.

# As amantes do Doutor X

Juro dizer a verdade, somente a verdade, nada além da verdade.

Era como se ele me possuísse. Corpo e mente, tudo. Como um vampiro que houvesse sorvido o meu sangue e injetado alguma estranha seiva em minhas veias, tornando-me assim sua escrava.

Como um cientista louco que tivesse removido o material genético das minhas células e me transformado em seu clone.

Pensava nele o tempo todo.

Sonhava acordada e adormecia esperando encontrá-lo nos sonhos.

Fechava os olhos para vê-lo e só os abria novamente para procurá-lo em cada rosto que passasse.

Era um tipo de febre, uma dor constante.

Era uma espécie de fome, um desejo ardente.

Era a sensação de um membro grande e quente permanentemente enterrado entre as minhas coxas, como a bandeira cravada pelo alpinista no topo da montanha.

Eu era sua possessão, seu território, seu domínio.

Devo dizer, em sua defesa, que jamais tivemos uma relação sexual propriamente dita. Poder-se-ia então argumentar que tudo não passou de uma fantasia, obra da imaginação de uma mulher carente.

Bem, a primeira vez que o vi, à porta do seu consultório, tremi dos pés à cabeça e percebi que alguma coisa tinha acontecido e que eu nunca mais seria a mesma.

Doutor X estendeu-me a mão e quando a soltou era como se continuássemos ligados por um fio invisível, ondulante, uma fita de veludo descrevendo lânguida curva no ar, frouxa no centro mas presa firmemente nas extremidades; talvez fosse mais apropriado dizer cordão, sim, um cordão de marionete.

Só muito tempo depois me dei conta de que tudo seguia um roteiro exato: Doutor X manipulava os cordões matematicamente, com o rigor de um maestro obediente à partitura, com a precisão de um alquimista diante de seus tubos de ensaio, pesando grama por grama cada um dos ingredientes preciosos.

Convertia suas pacientes em servas fiéis, envolvendo-as completamente em seu fascínio. Adorava dominá-las, divertia-se fazendo com que acreditassem que ele as achava lindas e que diante de tanta beleza seu trabalho era até dispensável.

Ah, que prazer perverso ele experimentava ao exercer o seu poder! Ele me fitava, curioso, observando minhas reações; parecia esperar, pacientemente, até que a droga letal finalmente começasse a fazer efeito.

Falamos a respeito de seios. Os meus pequenos seios, eu já os via grandes, redondos, atrevidos, pulando para fora dos decotes como uma rolha de champanhe querendo estourar.

Mantendo um meio sorriso e olhando-me fixamente, Doutor X me examinou e disse que eu ficaria maravilhosa.

No dia marcado, entrou pela sala seguido por outros médicos de sua equipe. Afastou o avental que cobria meu corpo nu e começou a rabiscar meu peito com um tipo de caneta cuja tinta escura permaneceu em minha pele por muitos e muitos dias.

Foi então realizada a cirurgia plástica.

Mais uma vez, lá estava ele em ação: menosprezando a genética, desacatando a Lei da Gravidade, zombando dos radicais livres, mostrando a língua para a indústria de cosméticos.

*Voilà!*

Há quem atribua aos médicos um certo "complexo de Deus". É possível que Doutor X acreditasse ter poderes mágicos ou, pelo menos, era o que pensavam dele as confiantes pacientes.

É mesmo impressionante observar as mãos do homem, em poucos instantes, reformando o que a natureza levou anos para construir, consertando os estragos causados pelo tempo, pelos maus hábitos e pela mesa farta.

Eu que o diga! É pura magia!

Antes, dois discretos montinhos tímidos; depois, aquelas formas plenas, generosas. Sentia todo o meu corpo tomado por uma sensualidade extrema, como se eu fosse a única fêmea do universo.

Os meus seios lindos, queria exibi-los e ofertá-los a todos os homens. Seduzia-os, hipnotizava-os, deixava que me tocassem, fazia amor com todos eles, de olhos fechados, e todos tinham as mãos macias do Doutor X.

Sim, agora aqueles seios cheios, mas um vazio vasto e voraz se apoderava de mim. Passei a conviver com um desconforto, uma aflição que não conseguia entender. Havia uma necessidade premente, uma urgência de viciado ansiando pelo torpor da embriaguez conhecida.

Algum tempo depois fui para uma consulta de rotina após a cirurgia e, ainda na sala de espera, vi sair do consultório uma moça. Lembro-me de ter notado algo esquisito em seu rosto: era loira, muito pálida e tinha os olhos estranhamente vidrados.

A atenciosa secretária do Doutor X disse que eu podia entrar e levantei-me da cadeira, tentando controlar as pernas trêmulas. Doutor X me recebeu à porta com seu meio sorriso e tocou em minha mão como que para se certificar de que o cordão estava no local exato.

Quando pus meus olhos nele era como se tudo se encaixasse, se completasse, entrasse nos eixos. Como se o ar agora descesse suavemente morno e me enchesse os pulmões, como se meu sangue se tornasse mais fluido e cessassem os solavancos e as pancadas em meu peito, como se o calor de um vinho encorpado me aquecesse o estômago.

Sem dizer uma palavra, ele me fez tirar a blusa, deitar na bancada de exame e então beijou meus seios. E continuou beijando-os e lambendo-os avidamente como se ali estivesse servido o único alimento capaz de saciar-lhe a fome, como se eu fosse o fim e o começo de tudo. E senti suas mãos de muitos dedos afastando as minhas pernas e lembro-me de ter pensado em como alguém podia ter tantos e tão longos e tão ágeis dedos que pareciam mexer nas minhas entranhas e me tocar até a garganta. Meu corpo então explodiu num orgasmo tão violento como se ele tivesse plantado uma granada dentro de mim. Eu gritei, ele tapou minha boca com força, aproximou seu rosto do meu e disse, baixinho, que a consulta havia terminado, que meu estado era muito satisfatório e que eu marcasse um retorno para dali a 45 dias.

Não sei como pude descer da bancada, fechar os botões da blusa e sair da sala.

Frágil, fraca, exausta, consumida.

Na ante-sala, enquanto esperava a secretária anotar a data na agenda do médico, vi meu reflexo no grande espelho da parede, atrás do balcão. Muito pálida, os olhos estranhamente vidrados.

— Dia 25 está bom? — A secretária falou comigo, nossos olhares se cruzaram e eu vi a cara perigosa do ódio. Senti medo, fugi, descendo as escadas depressa, amaldiçoando aquelas sandálias de salto agulha. Cheguei à rua ainda a tempo de ouvir um grito lancinante, o barulho de vidro se espatifando e o baque surdo do corpo aterrissando na calçada.

Doutor X disse à polícia que a moça, sua secretária, completamente transtornada, entrara em sua sala correndo e gritando, pegara um pesado objeto de metal e o arremessara em sua direção. Ela então teria empunhado uma tesoura que estava sobre a mesa e atacado o médico. Doutor X contou que tentou detê-la, mas que ela perdeu o equilíbrio e caiu pela janela. Garantiu jamais ter percebido nada que levasse à suspeita de que sua auxiliar tivesse qualquer tipo de problema emocional; ao contrário, notou que a jovem era extremamente organizada, racional e metódica. Lamentou muito a perda de sua leal colaboradora de tantos anos.

Sim, acredito que a moça tenha mesmo enlouquecido, assistindo àquele desfile incessante de amantes, adivinhando os beijos, ouvindo os gemidos e testemunhando a palidez e o olhar desvairado das muitas servas do Doutor X.

E ela, coitada, só o que queria era contemplar o mundo com aqueles olhos estranhamente vidrados.

# Perdoai, Senhor, porque eu pequei

O vestido.

O maldito vestido.

Ela estivera com o amante naquela tarde, sempre o usava quando ia se encontrar com ele.

O vestido preto, de mangas curtas, falsamente casto. Abotoado na frente, de alto a baixo, com desenhos de folhas e ramos de rosas vermelhas, repleto de duplo sentido. Solto no corpo, uma faixa terminando em laço nas costas ajustava a cintura — mentira, cinismo, dissimulação.

Ela dizia que o vestido era prático, fácil de pôr e tirar (apenas sete botões e uma fina camada de tecido a separar sua pele macia e bronzeada das mãos lascivas do amante), que não apertava nem restringia os movimentos (a barra subindo, as coxas roliças, a minúscula calcinha de renda preta, o convite descarado para o prazer fácil, rápido, sem empecilhos).

Ele respirou fundo tentando captar algum cheiro diferente no ar. Em sua embalagem estampada de rosas vermelhas a mulher exalava um aroma doce de sexo.

Ela estava perguntando como tinha sido o seu dia.

Torturante, o dia. Um suplício as horas, os minutos, os segundos em que ele vivia atormentado pelas suspeitas, a princípio, e então pela certeza de que a esposa o traía.

Ela era professora, gostava do seu trabalho e as crianças a adoravam. A moça inventava histórias para contar aos pequenos alunos e, as melhores, transformava-as em livros. Começou a pensar em publicá-los e cada vez mais se envolvia em seu mundo povoado por animais que falavam, princesas, bruxas, feitiços e poções mágicas.

Estava também sempre participando de concursos. Frases, poemas, contos. Na verdade, não se importava com os prêmios; ela escrevia não para ganhar a viagem, a jóia ou o carro prometido ao vencedor, mas porque assim exercitava a capacidade de discorrer sobre qualquer assunto e, domando sua natureza indisciplinada, obrigava-se a cumprir os prazos e limites impostos pelos regulamentos.

O marido divertia-se vendo-a saltar de uma frase sobre as vantagens de certa marca de vassouras para uma rima a respeito das utilidades de determinado modelo de furgão, passando pelo relato de uma viagem inesquecível. Ela era talentosa, certamente acabaria por vencer algum daqueles concursos e conseguiria publicar seus livros.

Quando estava trabalhando em uma de suas histórias ela ficava eufórica, sua disposição para o sexo aumentava, era como se estivesse sob o efeito de algum estimulante. Ele já se acostumara a ver os olhos da mulher brilharem de excitação enquanto lia para ele sua mais recente frase sobre um creme hidratante ou detergente em pó, mas jamais poderia supor o martírio a que seria submetido desde o dia em que ela decidiu escrever um conto erótico para um concurso promovido por uma revista masculina.

Se pudesse escolher, mil vezes ele teria preferido a ignorância, com todas as suas implicações, à aflição provocada pela dúvida, primeiro, e ao sofrimento causado pela verdade.

Contrariando o costume de mostrar ao marido o que estava fazendo, pedir sua opinião, acatar uma ou outra sugestão, ela não disse uma só palavra sobre o conto. Ele podia vê-la andando pela casa com um caderno de anotações. Depois de alguns dias, o caderno sumiu. Ele perguntou sobre o conto e ela lhe disse que desistira, que não iria participar daquele concurso.

E, no entanto, ela estava radiante. Não apenas alegre e animada, como quando ficava satisfeita com algum trabalho. Não, estava cintilante, soltando faíscas.

Ela era toda luz e sensualidade. Atraía para si todos os olhares, puro encantamento.

Aparentemente nada havia mudado na rotina do casal, mas ele sabia que alguma coisa estava acontecendo. Podia sentir cheiro de fumaça... E o fogo?

Dias após o desaparecimento do caderno, sozinho em casa, ele arriscou um olhar para os papéis sobre a mesa da mulher, que tinha um computador, um telefone e um aparelho de fax privativos. No pequeno quarto que servia de escritório, ela mantinha uma incrível coleção de revistas, recortes de jornais, livros e dicionários, vários potes e estojos com lápis e canetas coloridas; se havia uma ordem naquele aparente caos, só ela a conhecia.

A agenda de capa de couro recheada de cartões de visita e recortes, parcialmente coberta pelo suplemento de cultura do jornal de sábado, atraiu sua atenção. Ele puxou a fita vermelha e abriu na página dos dias 30 e 31; em pé, diante da mesa, foi virando as páginas para trás, comprovante de pagamento do plano de saúde, dia 29, consulta dr. Pedro, receita médica, dias

26/27, um guardanapo com rabiscos e números de telefone, 24/25, 22/23, canhotos dos ingressos para o último concerto no Teatro Municipal — ela deveria fazer uma limpeza aqui, pensou ele, admirado com a quantidade de coisas inúteis que a mulher juntava —, dias 20/21, nota fiscal da videolocadora, folheto da loja de congelados, recibo do correio, dias 18/19, 16/17... Ele parou e voltou à página do dia 21, pegou o recibo de expedição de carta registrada; no verso, em tinta cor-de-rosa, estava escrita a palavra *General*.

Sentindo-se um bisbilhoteiro, mas incapaz de dominar sua curiosidade, sentou-se e ligou o computador. Foi passando os olhos pelo índice de arquivos: textos, cartas, coisas importantes misturadas a material que deveria ser eliminado. De repente, em meio à habitual confusão de temas e assuntos, um arquivo intitulado *General*.

Lentamente, sua mão direita se moveu e digitou o comando para abrir o arquivo.

"O General" era um conto erótico escrito por uma certa Daphne Mistral.

"O General" era a narrativa de uma relação doentia de dominação e submissão entre um homem e uma mulher.

"O General" era uma sucessão de taras e perversões, era a história de um homem conduzindo uma mulher a um completo estado de demência sexual.

Todo o seu corpo tremia, o coração esmurrava o peito com força, ele ouviu o som do carro entrando na garagem. Desligou o computador, apagou a luz do escritório e trancou-se no banheiro. Olhou-se no espelho e não se reconheceu. Lavou o rosto, lavou as mãos, deixou a água correr pela torneira por bastante tempo.

O que estaria fazendo sua alegre menina metida com um sujeito daqueles?

Nos dias que se seguiram ele cometeu todo tipo de indignidades.

Remexia nas coisas da mulher — bolsa, carteira, talão de cheques, nada escapava da sua ânsia desesperada pela verdade.

Investigava o lixo e dedicava especial atenção aos papéis e envelopes; as notas fiscais de farmácia e supermercado que traziam a discriminação dos produtos eram cuidadosamente examinadas (ele procurava uma pista, talvez a compra de uma caixa de preservativos ou outro item fora do comum).

Ao chegar em casa, acionava a tecla de rediscagem do telefone para saber qual fora o último número chamado. Chegara a pensar em contratar um detetive para segui-la e instalar uma escuta no telefone, mas desistira, não queria que ninguém tivesse conhecimento daquela situação infame.

Sentindo-se miserável, controlava a gaveta de *lingerie* da mulher. Queria saber qual par de meias ela usara, se pegara esta ou aquela calcinha, se faltava algum sutiã ou se havia qualquer mudança na posição da pilha de cintas-ligas; juntava uma porção de calcinhas, enfiava o nariz no pequeno monte de renda e seda, depois tornava a colocá-las no mesmo lugar.

Humilhado, completava sua busca olhando o cesto de roupas sujas.

Ela continuava agindo como se nada de anormal estivesse acontecendo.

A dor da traição o açoitava, ele tinha a sensação de estar prestes a explodir, uma gigantesca bolha de sangue fervente.

Sentado à mesa da cozinha, ele virava distraidamente as páginas do jornal. Pegou-se lendo a seção de classificados de encontros e mensagens pessoais, e naquele instante o nome Daphne dançou diante dele. Estava lá, no papel; toda a sua desgraça cabia no anúncio de duas linhas: *Daphne — novo telefone* 7772-9979.

Daphne. A mulher e sua fixação por aquele nome; certa vez chegara a declarar que, se um dia tivesse uma filha, ela se chamaria Daphne.

Que ironia! De nome poético para uma garotinha a pseudônimo para encobrir a autoria de uma história nojenta, culminando em fachada para a luxúria desprezível de uma puta.

Ele pegou o telefone e discou o número de Daphne. Uma voz de computador dizia não ser possível atender no momento e pedia para deixar recado após o sinal. Ele tentou e tentou por vezes sem conta, mas era sempre atendido pela voz de timbre metálico da secretária eletrônica. Em silêncio, desligava o telefone.

Teve então a idéia de se fazer passar pelo amante da mulher; começou a deixar mensagens gravadas, falando baixo e disfarçando a voz. Identificando-se apenas como General, dizia as coisas que iria fazer com ela em seu próximo encontro, descrevia minuciosamente cada uma de suas intenções mais devassas.

Tornou-se agressivo no sexo.

Apesar de se considerar um bom amante, passou a agir de um jeito que jamais teria ousado em outros tempos. Atacava a mulher com toda a força da fúria e da frustração que sentia, mantinha-se ereto por longos minutos e arremetia contra ela em estocadas violentas, até fazê-la chorar de prazer.

Ela gritava como uma louca, gozava, suava, pedia mais, ria e dizia que o amava.

Quando surgiu outra oportunidade, ele voltou a mexer no computador da mulher. Fez a ligação com a Internet e examinou o índice dos marcadores *Favoritos* — os endereços que ela visitava com freqüência. Achou um marcador em uma sala de bate-papo e clicou na lista de nomes para ver quem eram os participantes da tal sala de conversas virtuais. Entre os homens, havia um Dom Juan, um Édipo, um Príncipe Negro e — seu coração falhou uma batida — um Comandante.

Ah, então era assim que eles se falavam! Através da Internet, sob o ridículo disfarce de apelidos e nomes em código. Havia também aquele telefone misterioso cujo número ela anunciara no jornal, era um telefone celular, talvez o amante o tivesse dado a ela para facilitar a comunicação entre os dois.

Ele estava obcecado.

Às vezes dizia para si mesmo que era melhor deixar as coisas acontecerem, continuar fazendo com que a mulher pensasse que ele não desconfiava de nada. Mas a idéia da traição, a esposa rolando na cama com outro homem, a mentira sórdida... Cego de raiva e vergonha, ele precisava pôr um fim àquele tormento.

Consciente de que o casamento estaria acabado depois que pusesse em prática o seu plano, ele ligou para o telefone celular de Daphne e, identificando-se como General, gravou um recado na caixa postal de voz. Pedia que ela o encontrasse na Capela de Santa Tereza, próximo ao confessionário, dia 17, segunda-feira, às quinze horas.

Na sala de conversas virtuais, na Internet, ele deixou uma mensagem para o Comandante, assinada por Daphne, dizendo que o esperaria às três da tarde da segunda-feira na Capela de Santa Tereza, perto do confessionário.

Fazia muito tempo que ele não entrava numa igreja. A fase de casamentos dos amigos já havia passado, os noivos de alguns anos atrás estavam agora às voltas com festinhas infantis ou divórcios ou ambas as coisas. Ali, diante daquele altar, ele e a mulher juraram respeito e fidelidade por toda a vida, o que era um exagero, mas tinha sido uma bela cerimônia e eles pareciam estar cumprindo, felizes, suas promessas feitas havia sete anos. O que teria saído errado? Em que ponto do caminho suas vidas se desencontraram?

Sentado num dos bancos da pequena capela, deserta àquela hora do dia, de onde tinha uma boa visão de toda a nave, reparou no homem alto que acabara de entrar. Parecia meio desorientado, pelo jeito não era um crente fervoroso. Deveria ter mais de um metro e noventa de altura, forte, porte militar. O amante de sua mulher era mais jovem do que supusera, não aparentava ter idade bastante para um general. O homem de pele muito clara e cabelos pretos cortados bem curtos passou por ele que, de relance, pôde ver um par de frios olhos azuis.

Ele, que pensava que não suportaria a presença do rival odiado sem dar-lhe um tiro na cara, em plena igreja, permanecia calmamente sentado à sombra das muitas velas acesas diante de uma imagem de santo ao seu lado. O cheiro da cera e a dança das chamas traziam-lhe à mente idéias pouco apropriadas para o ambiente. Sua vontade era fazer uma fogueira e queimar juntos, amarrados a uma grossa cruz de madeira, aqueles dois demônios que tinham transformado sua vida num inferno.

Os seus pensamentos nada cristãos de tortura e vingança foram interrompidos pelo barulho de saltos de sapato martelando o chão da igreja. Ele voltou lentamente a cabeça na direção do som.

A moça morena de cabelos curtos, roupa justa e rosto pagão dirigiu-se ao banco junto ao confessionário.

Ele aproximou-se do casal e ouviu quando o rapaz perguntou:

— Você é a Daphne?

A mulher, que ele nunca tinha visto antes, respondeu:

— Sim, sou eu.

E acrescentou, numa voz estranhamente rouca:

— Lugar original para um primeiro encontro, não? Você pretende ficar aqui rezando a tarde inteira ou tem alguma idéia melhor?

Na piscina de água morna, o ritmo regular das braçadas tinha um efeito calmante. Nadar era a única atividade física de que ela gostava, podia aproveitar aqueles momentos para pensar, já acontecera de ter boas idéias enquanto percorria os costumeiros quinhentos metros.

Ao atingir a borda da piscina, deu uma virada e aumentou a velocidade.

Estava preocupada, precisava encontrar uma solução.

Algumas horas antes recebera um *e-mail* com o aviso de que "O General" fora a história vencedora do concurso de contos e que seria publicada na edição do mês de abril da revista *Man*.

Ela temia que o marido pensasse que ela estivesse tendo um caso e que o conto fosse inspirado em suas próprias experiências.

Talvez ele nunca viesse a saber de nada se ela conseguisse que publicassem apenas o seu pseudônimo.

# Mera coincidência

Tenho 36 anos, dois filhos lindos, dois seios lindos e escrevo histórias que ninguém lê.

Amo dois homens: um que me fez os filhos, outro que me fez os seios.

Sou do signo de Gêmeos e isso talvez explique meu absoluto fascínio pela ambigüidade.

Um animal anfíbio, é assim que me sinto. Uma salamandra de pele nua, glandular, sempre umedecida, sem escamas e com rabo, na fase adulta.

Já matei muitas vezes. Veneno, gás, faca, bala, estrangulamento.

Já morri tantas mais. De inveja, de raiva, de tédio, de dor, de saudade, de angústia diante do inexorável silêncio hostil do telefone.

Vivo aqui e lá, de um jeito e de outro, ontem e amanhã, quem se importa? É tudo mentira mesmo. Verifico os acentos, os muitos ss, os hifens, os plurais. Minhas mentiras são ortograficamente corretas e ainda assim não há quem se interesse por elas. Talvez estejam fartos de mentiras.

Que pensariam se eu dissesse que é tudo verdade?

Ficariam curiosos?

Se eu contasse que um dos homens que amo, aquele que é para mim como um muro antigo de pedras muito sólidas onde sempre posso me encostar, descansar e refrescar o ânimo, ele que é tão seguro e tão sereno, sempre tão grande e generoso e que eu acreditava conhecer tão bem, bisbilhotou minha vida milímetro a milímetro, meticulosamente. Meus papéis, minhas gavetas, minhas calcinhas, nosso cesto de roupas sujas. Ele investigou cada um dos pequenos fatos da nossa realidade em comum tentando encontrar a origem da minha ficção.

Por sua causa já não uso mais o vestido preto estampado de folhas e ramos de rosas vermelhas. Mesmo agora que ele se convenceu de que tudo foi obra da sua própria imaginação e das ironias do acaso, temo aborrecê-lo com a lembrança daquele episódio infeliz.

Guardei o vestido no fundo do armário, mas de vez em quando eu o busco entre os tantos tecidos, percorro com o dedo o desenho de um ramo de rosas e procuro os espinhos. Conto os botões e lembro do tempo que levei para abri-los, um a um, e do pano escorregando rápido pelo meu corpo, indo apressado formar um montinho no chão. O perfume que eu senti então não era o das rosas vermelhas. Era o cheiro da fome. Eu me deitei nua sobre a bancada de exame do consultório médico e me ofereci às mãos vorazes do meu outro amor, aquele que me fez os seios.

Querem que eu continue? Pois bem. O pesado objeto de metal que a secretária, aquela louca, transtornada, atirou sobre o cirurgião é um elefante dourado de tromba levantada, do tipo que se deve colocar de bumbum virado para uma porta, para dar sorte. A moça morena de farto buço escuro, cabelo alisado, batom cor de uva e braços roliços sonhava com o dia em que seria tocada pelo médico. Ele a tornaria linda e logo a descobriria como mulher e ela deixaria de ser apenas mais um móvel confortável da ante-sala bem decorada, repleta de livros de arte e torsos de mármore em poses lânguidas.

E aquele vai e vem de seios, barrigas, coxas, queixos, pálpebras e narizes.

E aquele interminável põe e tira de colágeno, silicone, dobras de pele e litros de gordura.

E elas nunca ficavam satisfeitas, mal se recuperavam de uma lipoaspiração, já estavam pensando num *lifting* facial ou, quem sabe, umas aplicações de botox.

A secretária distribuía sorrisos, elogios e palavras de incentivo às pacientes, até ajudava com os curativos, e odiava aquelas mulheres com cada um dos muitos fios do seu buço.

E então ela explodiu, pobre coitada.

Que jeito mais estúpido de morrer.

Acho que devo parar por aqui. Se eu disser que saio sozinha à noite, que vou a bares de solteiros e que às vezes me deixo acompanhar por mais de um homem... Vão me chamar de devassa, terei problemas na escola dos meus filhos e ninguém vai comprar o meu livro. Publicidade negativa. Talvez seja melhor dar um sumiço naquela capa preta e substituir o uísque *cowboy* por outra bebida mais apropriada.

Champanhe.

Sim, é isso! Vou pintar o cabelo num tom de ruivo flamejante e usar roupas coloridas (é prudente evitar o preto por algum tempo), e, levando aos lábios uma taça de champanhe, persuadir meu querido doutor de que não sou a remetente das cartas anônimas que sua mulher vem recebendo nos últimos meses. Os envelopes de papel lilás trazem uma etiqueta grande e lustrosa onde está escrito CONFIDENCIAL e chegam pontualmente às quartas-feiras.

Eu tenho o hábito de escrever cartas.

Ele desconfia de mim, com champanhe talvez consiga apaziguá-lo, champanhe é o aperitivo preferido da senhora sua esposa, que está muito perturbada com as cartas. Ela perturbada, pois sim, duvido.

A mulher com quem meu amor partilha o tubo de pasta de dente e o controle remoto da televisão é muito chique e muito, mas muito chata. Ela é estilista de moda e é do tipo que usa chapéu. Uma mulher de chambre de seda em sua *chaise longue* tomando champanhe ou, nas tardes frias de outono, uma xícara de chá com trufas de chocolate. Olhos de chumbo vigiando a chuva a escorrer pela vidraça, certa de que o mundo é todo seu, ainda mais quando considerado das alturas do 21º andar do seu dúplex de cobertura.

A vantagem é que ela trata bem do meu homem. Ela o mima com coisas caras, relógios de ouro, canetas de grife, gravatas exclusivas, pastas e sapatos de cromo alemão, enfim, todos os símbolos de *status* necessários a um marido de classe. Não preciso me preocupar com detalhes maçantes como botões de camisa ou colarinhos engomados, ela se ocupa de mantê-lo revisado e lubrificado para mim. É, não posso reclamar, ela é competente na sua função de cuidar do que é meu.

Na verdade, gosto desta situação. É muito conveniente. Eu e meus dois homens (exceto os outros, esporádicos e sem rosto, que não vêm ao caso). Meus dois homens que nunca se vêem mas sabem da existência um do outro; quando vou me encontrar com um deles, o primeiro recosta-se na nossa cama e me observa colocando as meias sete-oitavos, os sapatos, a calcinha. Pergunto se gosta daquela e ele diz que prefere a outra, mais cavada. Troco a calcinha e fico em dúvida se devo ou não usar sutiã com aquele vestido novo de malha fina que valoriza meus belos seios de mamilos sempre eretos. Ele gosta de me comprar roupas e *lingerie*. Adorei o presente. Decido dispensar o sutiã e peço que meu querido abotoe o colchete na nuca. Ele me beija o pescoço, passa a mão sobre os meus seios e desce pelos quadris. E me aconselha a tirar a calcinha para não marcar sob o tecido macio. Ajuda-me com as pulseiras de prata e o perfume, sorri e diz: "Você está linda. Divirta-se". Pega o telefone e chama um táxi para mim. Antes de sair, espio pela porta do quarto das crianças, estão dormindo. Ele fica em casa cuidando dos nossos filhos e eu vou ao encontro do meu outro homem.

O motorista me leva ao aeroporto regional. No setor de embarque, passeio pelo saguão e faço desviar os olhares que acompanhavam os painéis de aviso de pousos e decolagens. Saio por outra porta e entro num táxi comum que acabou de trazer um passageiro. Antes de dizer qual é o nosso destino, estendo uma nota de dinheiro para o motorista e indico o caminho que ele deve seguir. O carro vai em frente até uma rotatória da avenida do aeroporto e envereda por uma ruazinha transversal. Com as luzes da cabeceira da pista piscando à nossa esquerda, mando que passe pela portaria do motel, e o motorista me toma por uma prostituta que vai se encontrar com o cliente "no local". O homem velho de ar respeitável arrasta a língua grossa pelos lábios lúbricos e me estuda pelo espelho retrovisor. Deixo um documento, pago pelo quarto em dinheiro, digo que estou esperando uma pessoa. O táxi avança e pára na frente da garagem do quarto; desço logo do carro antes que aquele sátiro idoso tenha a idéia de estacionar na vaga da suíte Concorde. A Airbus estava disponível, mas meu querido prefere a banheira de hidromassagem e o sistema de iluminação da Concorde. Os lençóis também, listadinhos de azul, vermelho e branco.

Sozinha no quarto, tenho tempo de desembalar as toalhas, sintonizar o rádio numa estação decente e deixar as luzes bem acesas, como ele gosta. Ele é médico, lembram-se? E, como eu, ele também é personagem de um quadro em claro-escuro. Grandes planos de luz que revelam cada poro, cada ruga, cada ponto cirúrgico. Enormes massas de sombra que abrigam nossas intenções mais secretas.

As primeiras notas do *Concerto para violino em ré maior*, de Tchaikovsky, serpenteiam ao meu redor, cintilantes, insinuando bons presságios.

Enfim ele chega, dez minutos depois. Ouço som de carro se aproximando, de porta batendo, de carro se afastando. Sempre tremo nessa hora. Ele sobe correndo os degraus e está ali diante de mim. Usando aqueles óculos que não combinam com seu rosto e mais nenhum acessório além de uma caneta Bic, ele me beija e admira o gosto do meu outro amor para escolher vestidos.

Nunca notei rivalidades entre os dois e mesmo quando um deles faz uma pergunta mais íntima, querendo que eu o compare ao outro, digo que os dois são muito diferentes e que não poderia sequer sonhar em viver sem um ou outro dos meus dois amores.

Meu doutor me beija de novo e penso que aqueles seus beijos deveriam ser processados e sintetizados em laboratório e vendidos a preços exorbitantes como alguma droga milagrosa, natural e sem efeitos colaterais, capaz de inundar o cérebro com neurotransmissores que induzem a sensação de saciedade e plenitude. Ah, ele me beija, ele me beija, ele me bate, ele me tortura, ele me ama quase sem deixar marcas.

E você, caro leitor, ainda está aí? Por favor não me condene por minhas práticas amorosas pouco ortodoxas. Fica só entre nós, combinado? Em troca, permito que continue a me observar, se lhe dá prazer.

Estou voltando para casa, lá pela uma da manhã. Peço ao motorista do táxi que pare naquela esquina, pago, saio do carro e finjo arrumar o fecho da bolsa, em pé na calçada, até que desapareçam as luzes das lanternas traseiras. Meu amor me aguarda, paciente, debruçado sobre o muro baixo da nossa casa de vila, fumando um cigarro. Ele percebeu a minha chegada ao ver o táxi estacionar no fim da rua deserta e vem ao meu encontro.

Ele pergunta como foi a noite. Eu começo a lhe contar mas sou interrompida por sua língua na minha boca. Sei que ele esperou muito e agora tem pressa. Fico nua e deixo que ele leia no meu corpo os registros gravados por meu outro homem. O meu amor é míope, precisa olhar bem de perto. Ele mergulha de cabeça entre as minhas pernas, à meia-luz, ele prefere assim.

Meus dois homens. Acho que vou escrever sobre eles depois que terminar de assar esses bolos. Direi por que não quero que os dois se conheçam. Tenho medo que um possa contaminar o outro e que algo de terrível aconteça e eles percam a individualidade.

Não quero dois amantes que se tornem amigos.

Não quero dois homens iguais.

Quero meus dois homens, meus dois filhos, meus dois seios e muitos pares de olhos nas minhas histórias.

Se com mentiras não consegui nada, talvez a verdade me traga mais sorte.

E sempre posso dizer que a verdade é mentira, que a mentira é invenção e que qualquer semelhança com pessoas ou acontecimentos reais terá sido mera coincidência.

Este livro foi composto em Elektra pela
Globaltec para a Editora Planeta do Brasil
em setembro de 2005.